배비장전,
절개 높다 소리 마오 벌거벗은 배 비장

국어 시간에 고전읽기

12

배비장전,

절개 높다 소리 마오 벌거벗은 배 비장

전국국어교사모임 기획 · 권순긍 글 · 김언희 그림

Humanist

'국어시간에 고전읽기' 시리즈를 펴내며

고전을 읽어야 한다는 가르침은 어릴 때부터 귀가 따가울 만큼 들었다. 그러나 몸소 이를 따르는 사람은 흔치 않다. 종종 고전을 가까이하는 사람들이 있는데 이들은 대체로 삶을 헛되이 보내지 않고 훌륭한 일을 이루어 세상에 뚜렷한 이름을 남겼다. 고전 안에 그만큼 값진 속살이 들어 있기 때문이다.

고전이 이처럼 깊은 가치를 지녔는데 어째서 고전을 읽는 사람은 흔치 않을까? 아마도 고전이 사람을 쉽게 끌어당겨 주지 않기 때문일 것이다. 고전은 우리에게 섣불리 손짓을 하지도, 눈웃음을 치지도 않는다. 고전은 끈기를 가지고 파고들어 오는 사람에게만 마지못한 듯이 웃음을 지으며 속내를 털어놓는다. 고전은 요즘보다 훨씬 무뚝뚝하던 옛날에 이루어진 삶이며 글이기 때문이다.

그래서 우리는 청소년들이 고전을 즐겨 읽을 수 있도록 마음을 다했다. 뻣뻣하고 까칠한 고전을 달래서, 부드럽고 친절하게 청소년을 끌어당기도록 손을 쓰고 공을 들였다. 멋없이 무뚝뚝하던 고전을 정성껏 매만져서 두 팔을 활짝 벌리고 청소년들을 끌어안을 수 있도록 탈바꿈했다.

고전은 이제 온전히 겉모습을 바꾸어 청소년들을 맞이할 것이다. 자칫 속살까지 탈바꿈한 것처럼 보일지 몰라도 책을 읽다 보면 예스러운 고전의 맛과 멋을 한껏 느낄 수 있을 것이다. 우리는 무엇보다도 고전이 고전다운 속내와 뼈대를 온전하게 지니도록 하는 데 힘을 쏟았다.

고전은 시공간을 뛰어넘고, 나라와 겨레를 뛰어넘어 세상 모든 사람에게 큰 울림을 준다. 《시경》, 《탈무드》, 《오디세이아》, 셰익스피어와 괴테의 작품이 세상 모든 이에게 가르침을 주듯이, 우리의 고전도 모든 이에게 값진 가르침을 줄 것이다. 가르침이 서로 다르기는 하지만 높낮이가 있는 것은 아니다. 그러므로 세상 고전을 두루 읽어야 하는 것이나, 우리는 우리네 고전부터 읽는 것이 마땅한 차례다.

　이런 뜻으로 전국국어교사모임에서 '국어시간에 고전읽기' 시리즈를 펴낸 지 십 년이 되었다. 누구나 두루 즐기며 읽을 수 있도록 쉽게 풀어 쓰고 맛깔나고 재미있는 작품으로 재창조하려고 무던히도 애썼다. 다행히도 많은 독자로부터 분에 넘치는 사랑을 받았고, 우리 고전을 가까이하고 즐기는 청소년들이 많이 늘어 고마울 따름이다.
　지난 십 년처럼 묵묵하게 이 시리즈를 이어 갈 생각으로 첫 마음을 되새기며 글과 그림을 더하고 고쳐 좀 더 새로운 얼굴의 우리 고전을 세상에 다시 내놓으려 한다. 이 책을 통해 우리 청소년들이 풍성하고 가치 있는 고전의 바다에 풍덩 빠질 수 있기를 기대해 본다.

2012년 11월
전국국어교사모임

《배비장전》을 읽기 전에

여러분 앞에, 말은 그럴듯하게 하지만 행동은 전혀 딴판인 친구가 있다면 어떻게 해 주고 싶은가요? 우선 그 위선적인 태도를 말로라도 꼬집어 주고 싶겠죠. 이렇게 상대방의 위선적인 태도를 꼬집어 우스갯거리로 만들고 조롱하는 것을 풍자(諷刺)라고 합니다.

세상에는 정직한 사람만큼 위선적인 사람도 많습니다. 그 예로 매일 텔레비전이나 신문으로 접하는 정치인들이 있지요. 이들의 말과 행동은 손바닥 뒤집듯이 바뀌곤 합니다. 예전이나 지금이나 그런 사람은 있기 마련이고, 그래서 풍자가 필요합니다. 직접 공격하거나 야단을 치는 대신 위선적인 말이나 태도가 드러나게 하고 우스갯거리로 만들어 이를 고치고자 하는 것이지요.

이런 위선적인 인간 군상이나 세태를 다룬 소설을 이른바 '세태 소설'이라고 합니다. 그런데 예전에는 지금처럼 정치적이고 사회적인 위선이 그리 많지 않았나 봅니다. 설사 있어도 소설에 담아 세상에 드러내기 어려웠을지도 모르지요. 그래서 세태 소설 작품 대부분이 남녀 관계에 얽힌 이야기를 다루고 있습니다. 남녀 관계라 하면 애절한 사랑이나 가슴 아픈 이별을 떠올리겠지만 사실 그것과는 거리가 먼 이야기가 대부분입니다.

남녀 관계를 다룬 예전 소설에서는 주로 기생이 여주인공을 맡았습니다. 당시에 남성들이 자유롭게 만날 수 있는 여성은 기생밖에 없었기 때문입니다. 《춘향전》이나 《옥단춘전》에서처럼 기생과 진지한 사랑을 나누는 경우도 있었지만 대부분은 함께 술 마시고 한번 즐기는 정도의 관계였습니다. 그야말로 유흥에 그친 것이지요. 그런 이야기 중 하나가 바로 이 《배비장전》입니다. 집안 대대로 9대에 걸쳐 부인 이외의 여자와는 '부적절한' 관계를 갖지 않았노라며, 스스로 구대정남(九代貞男)이라고 호언장담하는 배 비장을 제주 목사와 기생 애랑이 서로 짜고 망신시키는 것이 《배비장전》의 줄거리입니다. 기생들과 어울려 노는 것이 그리 바람직한 일은 아닐 텐데, 그것을 하지 않는다고 이렇게까지 창피를 줄 필요가 있을까요? 또 여자를 가까이하지 않는다고 한 것이 뭐 그리 대단한 위선이라고 그렇게까지 우스갯거리로 만들어 망신을 준 것일까요? 거기에는 분명 사연이 있지 않을까요? 책장을 넘겨 배 비장과 주변 인물들이 펼치는 배꼽 빠지게 우스운 이야기 속으로 들어가 봅시다.

2013년 5월
권순긍

차례

구대정남이라 자칭하고 남 노는 것을 비웃으며

빈방에 홀로 앉아 고고한 체 자랑하던 배 비장이 이 지경을 당하고 나니

대개 여자를 탐내는 데는
영웅도 선비도 소용없는 것이다

누가 제주 배 타기 어렵다 하더냐

하늘과 땅 사이에 사람이라 생겨난 종류는 한 가지건만, 생겨난 사람 중에 잘나고 못난 것이 다 다르다. 남자 중에도 어진 선비와 어리석은 사내가 있고, 여자 중에도 정숙한 열녀와 간사한 계집이 있어 대대로 형형색색 이어져 내려오니 예나 지금이나 알지 못할 것이 사람의 성질이구나.

사람의 성질이란 자고로 산천의 기운을 닮는 법이니, 산 좋고 물 맑은 지방의 사람은 성질이 순하고 공손하여 악한 기운이 별로 없지만, 산천이 험준한 지방에는 사람의 성질도 그대로 미련하고 간사한 법이다. 호남좌도 제주군 한라산은 옛적 탐라국의 주산(主山)이요, 남쪽 섬 중 제일의 명산이라. 그 험준하고 수려한 정기가 어리어서 기생 애랑(愛娘)이 생겨났나 보더라.

애랑이 비록 천한 기생으로 났을망정 모습과 태도는 월나라 서시와 당나라 양 귀비에 견줄 만하고, 지혜는 진평과 장자방에 뒤지지 아니하고, 간교하기는 구미호가 환생한 듯하니, 남자가 한번 얽혀 들면 상투 끝까지 애랑에게 빠져 헤어 나올 줄을 모른다 하더라.

한편 한양에 김경(金卿)이라 하는 양반이 있으니 글재주가 비범하여 열다섯 살에 생원과 진사, 스무 살에 장원 급제하고, 높은 벼슬을 두루 거쳐 제주 목사로 제수되었다. 김경이 즉시 부임지로 떠나려고 이방, 호방, 예방, 공방, 병방, 형방을 골라 뽑을 때, 배 선달을 급히 불러 예방의 소임을 맡기니, 배 선달이 집으로 돌아와서, 어머니께 여쭈었다.

"소자가 팔도강산 좋은 경치를 두루 보았으나 제주가 섬이라 어머님을 모시고 가지 못하는데, 이번에 부임하는 제주 목사가 저를 비장으로 삼아 함께 가자 하니 다녀오겠나이다."

대부인이 그 말을 듣고는 놀라서 말했다.

"제주라 하는 곳이 육로 천 리, 수로 천 리, 이천 리 먼 길이 아니냐.

이 늙은 어미를 두고 가면 나 죽는다 기별해도 다 죽은 다음에나 너 올 것인데, 제발 가지 마라."

"이미 언약했으니 아니 갈 수는 없습니다."

곁에 있던 배 비장 아내도 남편을 만류하며 말했다.

"제주라 하는 곳이 비록 바다 한가운데 섬이나 기생이 많다 하옵니다. 만일 그곳에 가 계시다가 술과 여자에 빠져 돌아오지 못하오면, 부모께도 불효가 되고 첩의 신세도 처량하니, 못 가겠다 하십시오."

- **호남좌도(湖南左道)** 전라도의 내륙 지방. 서울에서 내려다보는 것을 기준으로 좌·우도를 나눈다. 예전 제주도는 전라도에 속해 있었다.
- **월나라 서시(西施)와 당나라 양 귀비(楊貴妃)** 미인의 대명사. 한나라 왕소군, 후한의 초선과 더불어 중국 4대 미인이다.
- **진평(陳平)과 장자방(張子房)** 유방을 도와 천하 통일을 이룩했던 한(漢)나라의 지략가.
- **제수(除授)** 추천의 절차 없이 임금이 직접 벼슬을 내리는 것.
- **선달(先達)** 무과에 급제하고 아직 벼슬을 하지 않은 사람.
- **비장(裨將)** 조선 시대에 감사, 병사, 수사, 유수 등의 관리를 따라다니며 일을 돕던 무관 벼슬.

"그것일랑 염려 마오. 이팔청춘 여자 몸이 아무리 아름답다 해도 그 것에 빠져 죽었다는 사람은 내 보지 못했소. 계집질은커녕 쓸데없는 수작이라도 한다면 내가 사람이 아닐세."

배 비장이 노모에게 하직하고는 비단 장식 말 타고 뒤 한 번 안 돌아보고 제주로 향한다. 때는 꽃 피는 봄이라. 배꽃, 복사꽃, 살구꽃, 향기로운 풀 가득하고, 버들잎 늘어지고 푸른 물은 잔잔하며, 산에 가득 꽃 경치 보기 좋은데, 사면을 둘러보며 금 채찍 휘둘러 말 몰아 구름같이 달려 이 고을 저 고을에서 밥 먹고 잠자고 강진, 해남 거쳐 땅 끝에 다다르니, 신임 목사의 하인들이 대령하고 기다리고 있다. 김경이 자신을 맞이하는 하인들의 인사를 받은 뒤, 사공 불러 물었다.

"예서 배를 타면 제주까지 며칠이나 가는고?"

사공이 사또에게 고개를 조아리며 대답한다.

"하늘이 청명하고 서풍이 살살 불어 주면 꽁무니바람에 양 돛을 갈라붙이고 수백 리도 가옵고, 돛 줄에서 핑핑 소리 나며 뱃전에 물결 갈라지는 소리가 팔구월 바가지 삶는 소리처럼 절벅절벅할 때는 하루에 천 리도 가옵고, 반쯤 다 갔다가도 이리저리 부는 광풍을 만나 떠밀려가면 이름 모를 땅에 닿기도 쉽삽고, 만일에 하는 짓이 잘못되기라도 하면 쪽박 없이 물도 먹고 바닷속에서 고기와 입도 맞추나이다."

김경이 짐짓 엄하게 명을 내려,

"제주를 하루 만에 도달하면 큰 상을 내릴 테니 착실히 거행하라."

하니 사공이 분부를 받들어 순풍을 기다리다가 말한다.

"마침 하늘이 청명하고 서풍이 부니, 배에 오르시옵소서."

사또가 반기며 배에 오르니 새로 만든 큰 배 위에 천막 치고, 산수와 모란 그린 병풍을 둘러치고, 긴 비단 모란 무늬 자리에 쌍학 수놓은 베개, 푸른 등, 붉은 등, 침 뱉는 타구, 주석 재떨이를 늘어놓았다.

사또가 상석에 자리를 잡자 여러 비장이 각기 절을 하며 이편저편 갈라서서, 어떤 비장은 허세를 부리며 떠드는 것을 단속하고, 어떤 비장은 착실한 체하며 요만치 꿇어앉으니, 하인들도 장막 밖에 이리저리 갈라 앉았다. 배 떠날 차비가 끝나자 사공들은 고사를 지내고 대포를 한 발 쏘아 출항을 알린 다음 배를 띄웠다.

제주 가려고 바람을 기다리니 이른 썰물 물러가고 늦은 밀물 밀려온다.

"지국총 지국총 어사와."

배 위의 사공들은 신이 나서 노 젓는다. 도사공은 키를 잡고 사공은 돛을 달고 바람 맞추어 방향 잡을 제, 망망대해 떠가는 배는 넓고 넓은 푸른 물결 위로 범려의 배 떠가듯 두둥실 떠나간다.

"술 들어라. 먹고 놀자."

사또가 흥이 나서 술잔을 높이 들며 시 한 수를 지어 읊는다.

푸른 하늘이 물속에 거꾸로 비쳤으니, 물고기가 흰 구름 사이에 노는구나.

- **꽁무니바람** 뒤쪽에서 불어오는 바람.
- **타구(唾具)** 가래나 침을 뱉는 그릇.
- **도사공** 우두머리 뱃사공.
- **범려(范蠡)의 배** 월나라 범려가 오나라를 멸망시킨 후 빼앗겼던 미인 서시를 데려왔던 배.

"이 글은 어떠한고?"

비장들이 입을 모아 대답한다.

"좋소. 기막힌 문장이오."

기분이 좋아진 사또가 취중에 농지거리를 한다.

"누가 제주 배 타기 어렵다 하더니, 누워 떡 먹기, 앉아서 똥 누기라. 누워서 떡 먹기는 눈에 고물이 떨어지고, 앉아서 똥 누기는 발허리라도 저린데, 이는 그보다 더 쉽구나. 내 서울서 들으니 바다에 꼬리 큰 고기가 있다 하니 그 말이 진정 옳으냐?"

한 늙은 사공이 조심스레 대답했다.

"수렁이나 개울, 둑이나 연못이라도 그곳을 지키는 신령이 있다 하는데, 더구나 넓은 바다 한가운데를 건너가시면서 그런 농담은 마옵소서."

그 말이 채 끝나지 않아 몇 개의 섬을 바삐 지나 추자도를 바라보며 나아갈 때, 끝없이 넓은 바다에 난데없는 큰 바람이 졸지에 일어난다. 사면이 어둑어둑, 물결이 왈랑왈랑, 태산 같은 물마루가 우러렁 콸콸. 물결이 펄펄 뱃전을

추자도 한반도 남서부와 제주도 중간 지점에 위치한 섬.

때리고, 바람에 선실도 흩어지며, 키도 꺾이고 돛대와 돛 줄도 동강동강, 배 꽁무니가 번듯 뱃머리로 숙어지고, 뱃머리가 번듯 배 꽁무니로 쓰러져 덤벙 뒤뚱 조리질하니 사또는 정신을 놓고, 비장과 하인들이 우왕좌왕 덤벙인다. 사또 겨우 정신을 차리고 급한 대로 아무나 찾는다.

"사공아! 여봐라!"

사공도 소리 나는 곳을 찾지 못하고 그저 엉겁결에 "예, 예" 하니, 사또가 그 와중에 노하여 꾸짖는 소리를 한다.

"이놈, 양반은 뱃길에 익숙하지 못하여 떨지마는, 바다에 익은 네놈이 어찌 이다지 떠느냐?"

사공이 더욱 다급하여 벌벌 떨며 말한다.

"소인이 열다섯부터 밥 짓는 일을 하며 배에 올라 흑산도, 대마도, 칠산, 연평 바다를 무른 메주 밟듯 다녔지만 이런 험한 꼴은 처음이오. 염라대왕이 삼촌, 저승사자가 친삼촌, 사해용왕이 외삼촌이라도 살기는 어렵겠소. 살려 하면 이 바닷물을 다 먹어야 살 듯한데, 뉘 배로 다 먹겠소."

사공도 이렇듯 겁을 먹었는데, 비장들은 오죽하겠는가. 서로 부둥켜안고 울고 뒹굴다가, 비장 하나가 신세 한탄을 한다.

"늙으신 부모님 천 리 먼 섬에 자식 보내 놓고 이제나 올까 저제나 올까 기다리시고, 젊은 아내 독수공방에 한숨으로 눈물로 날마다 지샐 텐데, 뱃길 가다 속절없이 죽으니 이런 팔자 또 있는가?"

비장 하나가 또 운다.

"나는 나이 사십이로되 자식 하나 없고 양자 들일 곳도 전혀 없는지

라. 조상 제사 끊어지게 되니 이 아니 원통한가?"

비장 하나가 또 운다.

"나는 집안이 가난하여, 제주가 좋은 갓 산지라 하기에 갓이나 좀 얻어다가 집안 살림에 쓰자 하고, 울 마누라 속곳이 없어서 한 벌 얻어 입히자 하고 나왔더니, 제주 땅은 밟아도 못 보고 물귀신이 되겠으니 이 아니 원통한가?"

비장 하나가 또 운다.

"나는 가난하지도 않으니 집에 그저 있었더라면 좋았을 것을, 벼슬길에 올라 이름자나 알려 보자 출세를 바랐더니, 이름은커녕 몸도 보전 못하고 죽게 되니 이 아니 원통한가?"

이렇듯 탄식하고 있으니, 사또가 기둥을 겨우 붙들고 앉아 그 거동을 보다가 무슨 생각이 났는지 사공을 불러 분부한다.

"여봐라! 용왕이 제물을 달라는가 싶으니, 고사나 극진히 드려라."

흩어졌던 사공들이 명을 받아 거행한다. 뱃전에 자리를 펴고 푸른 깃발, 붉은 깃발을 좌우로 갈라 꽂고, 큰 고리짝에 흰 쌀 담아 사또 웃저고리 벗어 놓고, 소머리에 돼지 잡아 큰 칼 꽂아 엎드려 놓고, 쌀 한 섬을 풀어 바다에 넣고 도사공의 정성으로 큰북 돛 줄에 높이 달고 북채를 양손에 갈라 잡고 두리둥둥 북을 치며 축원한다.

"하늘과 땅, 해와 달과 별, 하늘 신, 땅 신, 신령스런 녹성군이 감동

● **녹성군**(祿星君) 무신(巫神)의 하나로 신령의 이름.

하와 한양의 송현에 사는 김씨 남자 제주 신관 사또를 살리소서. 두리 둥둥. 동해 용왕, 서해 용왕, 남해 용왕, 북해 용왕, 물 위의 용녀 부인, 물 아래 하수 용왕, 제주 바다 건너갈 제 순풍을 내리소서, 두리 둥둥."

고사를 다 지내고 나니 그제서야 구름이 걷히고 물결 잦아든다. 달밤에 배 한 척이 홀로 가니 바다가 거울같이 잔잔하다. 이윽고 배가 제주 섬에 다다랐는데, 그곳은 바다 한가운데 큰 섬이라 그 풍경이 더욱 좋다.

---

* **용녀(龍女)** 용궁에 산다는 선녀.
* **하수 용왕** 물속에 있는 용왕.

아름다운 섬, 고독한 역사

《배비장전》은 제주도를 배경으로 한 보기 드문 고전 소설입니다. 조선 시대에 제주도는 '서울로부터 수로 천 리, 육로 천 리 합쳐서 이천 리나 떨어진 절해고도(絶海孤島)로서 악명 높은 유배지이기도 했습니다. 하지만 육지와 떨어져서 독자적인 문화가 발달한 역사적인 섬이기도 합니다. 아름다운 섬 제주의 이야기를 들어 봅시다.

쌀이 안 나는 것도 억울한데!

조선 시대 제주도는 조세를 서울로 거두어 가지 않고 그 지방에서 필요에 따라 소비하는 '잉류 지역'이었습니다. 왜구의 침입에 대비해 군량미를 조달하거나 땅이 매우 척박해 백성이 굶주리는 경우가 많았기 때문입니다. 쌀로 내는 세금은 육지의 절반 정도였으나 대신 귤과 같은 공물로 바치는 세금과 혹독한 군역의 부담이 백성들의 삶을 고달프게 했습니다.

기생이 의녀가 된 사연

기생 신분이었던 김만덕은 연이은 흉년과 태풍으로 제주도에 큰 식량난이 닥쳐 사람들이 굶어 죽자 자신이 모은 돈으로 쌀 오백 섬을 전라도에서 사들여 제주 사람들에게 나눠 주었습니다. 이 사실이 조정에까지 전해져 김만덕은 정조로부터 의녀(醫女) 직위를 받았습니다. 제주도의 모충사에는 그녀를 기리는 탑이 세워져 있습니다.

고대	고려		조선		근대	
삼성혈에서 삼성신인(三姓神人)이 나타나 나라를 세움.	938	고려의 속국이 됨.	1416	제주목, 정의현, 대정현에 각각 목사와 현감을 두어 관할.	1946	전라남도에서 분리 '제주도'로 승격.
세 성씨 중 고씨가 왕이 되어 국호를 '탐라'라 함.	1105	탐라 국호를 버리고, 고려의 '탐라군'으로 개칭.	1653	네덜란드인 하멜 일행 표류.	1948	제주 4 · 3사건 발생.
'탐라국'으로 국호를 바꿈.	1214	'제주'라는 명칭 사용.	1906	목사제를 폐지하고 군수제 실시.	2006	'제주 특별 자치도' 출범.
662 신라의 속국이 됨.	1271	삼별초의 대몽 항쟁 시작.				
	1273	여 · 몽 연합군의 삼별초 진압, 원나라의 지배 시작.				
	1374	최영 장군 '목호의 난' 평정.				

고독한 항쟁의 땅

제주도 바닷가를 둘러싸고 있는 환해장성은 삼별초가 제주도에 들어와 대몽 항쟁을 하면서 여·몽 연합군을 막기 위해 처음 쌓았습니다. 조선 시대에 왜구를 막기 위해 백성을 동원하여 이곳을 여러 차례 다시 쌓았지요. 환해장성은 스스로의 힘으로 섬을 지켜야만 했던 제주도의 고독하고도 오랜 항쟁의 역사를 보여 주는 증거라고 할 수 있습니다.

유배지의 전화위복(轉禍爲福)?!

당쟁이 치열했던 조선 시대에 제주도로 유배를 오는 인물이 많았습니다. 이들은 제주도의 학문을 발전시키는 데 공헌했지요. 그 대표적인 사람이 추사 김정희입니다. 김정희는 유배지로 찾아온 제자 이상적에게 "추운 계절이 지난 뒤에야 소나무와 잣나무가 푸름을 안다."는 공자의 명언을 담은 그림 〈세한도(歲寒圖)〉를 그려 준 것으로 유명합니다.

나리, 가실 때는 정표를 남기고 가시오

제주에 열여덟 경치가 있는데 그중 첫째는 망월루(望月樓)라. 망월루를 살펴보니 청춘 남녀가 서로 손을 잡고 헤어지기 섭섭하여 눈물을 흘린다. 이는 누군고 하니, 구관 사또가 신임하던 정 비장과 수청 기생 애랑이라.

정 비장 거동 보소. 애랑의 손을 잡고 이르는 말이,

"애랑아! 내 말을 잘 들어라. 한양에서 나고 자란 내가 제주 경치 좋단 말을 듣고 이곳 와서 꽃다운 연분 맺어 너와 함께 세월을 보낼 적에, 네 고운 태도와 청아한 노래에 고향 생각을 잊었는데, 이제 와 이별이 웬 말이냐. 맑고 푸른 강가에서 원앙새가 짝을 잃은 격이로다. 산 높고 골 깊어 인적 없는 곳에 둘이 만나 노닐다가 이별하고 헤어지는 격이로다.

이별이야, 이별이야. 애닲고도 애닲도다. 이별 이(離) 자 만든 사람 우리 둘의 원수로다. 우미인 이별할 제 항우의 억울한 탄식과 양 귀비 이별할 제 당 현종의 울던 간장 나보다 더할쏘냐. 내가 어디를 가든지 생각하는 이 오로지 너뿐이니, 부디부디 너도 나를 잊지 말거라."

애랑의 거동 보소. 없는 설움을 일부러 지어내어 꽃같이 고운 얼굴 웃는 듯 찡그리는 듯 길게 한숨짓고 짧게 탄식하며 이른 말이,

"여보 나리, 들으시오. 비록 소녀는 지방의 천한 기생이요, 나리는 한양의 귀한 손님이라지만, 소녀를 처음 만날 때에 무엇이라 언약했소? 뽕나무밭이 변하여 푸른 바다가 되고 푸른 바다가 변하여 뽕나무 밭이 되도록 서로 이별하지 말자 하더니, 나를 두고 어디로 간단 말이오? 이럴 줄 알았더라면 당초에 맹세는 왜 하시었소?

나리 같은 풍류남이 잠시야 이별을 안타까워하겠지만, 한양에 가시면 살구꽃과 같은 미인이 곳곳에 있을 터인데 마음 변하기가 한순간일 테지요. 그러나 소녀같이 보잘것없는 여인은 임과 한번 이별하면, 꽃 지고 잎 지고 마른 가지만 남아도 의지할 곳 하나 없답니다.

소녀를 살리려거든 데려가고, 죽이려거든 두고 가시오. 애고 답답해라. 이 내 팔자, 하루아침에 이별이 웬 말이냐? 나리 이곳 계실 때는 먹고 입고 살기 걱정 없이 세월을 보냈는데, 이제는 누구에게 의지하

● 수청(守廳) 아녀자나 기생이 높은 벼슬아치에게 몸을 바쳐 시중들던 일.
● 우미인(虞美人) 초패왕 항우(項羽)의 애첩. 항우를 위해 해하성에서 '역발산 기개세(力拔山 氣蓋勢)'라는 노래를 부르고 자결했다.

며 이 한목숨 부지하나?"

정 비장 이 말 듣고 호탕한 성미에 애랑의 속이 풀리도록 한번 시원한 대답을 한다.

"그것일랑은 염려 마라. 내 올라가더라도 한동안 먹고 쓰기 넉넉하게 한살림 풀어 주고 가마."

하더니 창고지기에게 분부하여 뱃짐 풀어 애랑 준다.

굵은 갓 한 통, 고운 갓 한 통, 탕건 한 죽, 우황 열 근, 인삼 열 근, 가체 서른 단, 말총 백 근, 노루 가죽 사십 장, 사슴 가죽 이십 장, 홍합·전복·해삼 백 개, 문어 열 마리, 삼치 서 뭇, 조기 한 두름, 유자·잣·석류·비자·귤껍질·녹용 각 한 접, 얼레빗·화류 살쩍밀이·삼층 난간 용봉장·이층 문갑·가께수리·산유자 궤·뒤주 각 여섯 개, 걸음 좋은 제주 말 두 필, 푸른 말 세 필, 안장 두 켤레, 무명 한 농, 곱게 짠 삼베 세 필, 모시 다섯 필, 명주 세 필, 편지지 열 축, 부채 열 자루, 담뱃대 열 개, 수복 무늬 백통대 한 켤레, 서랍 하나, 담배 열 근, 생꿀 한 되, 맑은 꿀 한 되, 날밤 한 되, 마늘 한 접, 생강 한 접, 찹쌀

• **탕건**(宕巾) 벼슬아치가 갓 아래 받쳐 쓰던 관(冠)의 하나.
• **가체**(加髢) 부인들이 자신의 머리카락 외에 다른 머리카락을 얹거나 덧붙여 꾸미던 것.
• **얼레빗** 빗살이 굵고 성긴 큰 빗.
• **살쩍밀이** 망건을 쓸 때 귀밑머리를 망건 속으로 밀어 넣는 물건. 대나무나 뿔로 갸름하게 만든다.
• **용봉장** 용과 봉황을 새겨 넣은 장(欌).
• **가께수리** 조그만 왜궤 모양으로 만든 경대. 위 뚜껑 안쪽에 거울이 달려 있어 뚜껑을 세워서 사용한다.
• **백통대** 담배통과 담배를 끼워서 빠는 물부리를 은백색 금속으로 만든 담뱃대.

열 섬, 쇠고기 열 근, 후추 한 되, 배 한 접을 애랑에게 선뜻 내주며 방자 불러 일러둔다.

"애랑의 집에 갖다 주고 애랑 어멈 회답 받아 오너라."

애랑이 이것을 보고 눈물을 이리저리 씻으면서 흐느끼며 한다는 말이,

"주신 물건들은 천금이라도 소녀에게 귀하지 않습니다. 백 년을 맺은 기약 일장춘몽(一場春夢)이 허사로다. 나리는 소녀를 버리고 가시면, 늙으신 백발 부모 위로하고 아리따운 홍안 처자 반겨 만나 그리던 회포 풀어낼 제, 천 리 섬 머나먼 곳에 있는 소첩을 생각이나 하실는지.

'이별의 원한이 헛되이 긴 강물을 따르니' 이별 이(離) 자 슬프고 '임 소매를 부여잡고 다시 만날 날을 물어보니' 이별 별(別) 자 또 슬프고 '천 리나 되는 한양으로 낭군을 보내니' 보낼 송(送) 자 가련하다. '임 그리고 보내는 정' 생각 사(思) 자 답답하고 '첩첩 산 겹겹 물이 아득하니' 바랄 망(望) 자 처량하다. '빈방에서 쓸쓸하게 기나긴 가을밤을 홀로 보내니' 수심 수(愁) 자 애통하고 '켜켜이 쌓인 시름에 잠 못 이루니' 탄식 탄(歎) 자 기막히고 '긴 한숨 서러운 간장' 눈물 루(淚) 자 가련하다. '임 그리는 괴로움을 그대는 보지 못했나' 병들 병(病) 자 설운지고 '병이 들면 못 살려니' 혼백 혼(魂) 자로 따라갈까? '마음 고이 간직한 그리운 임' 잊을 망(忘) 자 염려로다. '이제 낭군 떠나시면' 내밀 출(出) 자 언제 볼꼬. 애고애고 설운지고."

정 비장 이 소리를 들으니 마음이 더욱 혹하여,

"네 말을 들으니 뜻 정(情) 자 간절하다. 내 몸에 지닌 노리개를 네 마음껏 다 가져라."

애랑이라는 요망한 계집은 달라는 말 한마디 아니하고도 정 비장을 물오른 소나무 속껍질 벗기듯 벗겨 먹으려고 하는데, 욕심나는 대로 아주 홀딱 벗기려고 연신 허리를 비틀며 말한다.

"여보 나리, 들으시오. 그 가죽 두루마기 소녀를 벗어 주고 가시면, 나리 가신 후에 날이 가고 달이 가고, 세월이 물같이 흘러 꽃 피던 봄이 가고, 녹음방초 여름 지나, 가을 들어 뜰 앞 단풍 떨어질 제, 낙엽은 쓸쓸하고 창밖에 서리 치니 밤은 길고 적막하여 독수공방 잠 못들어 이리저리 뒤척일 때 원앙금침 찬 베개며 비취색 냉이불 두 발로 미적미적 툭툭 차서 물리치고, 주고 가신 가죽 두루마기 한 자락을 펼쳐 깔고 또 한 자락 흠썩 덮고, 두 소매는 착착 접어 베개 삼아 베고 자면, 나리 품에 누운 듯 그 아니 다정하오?"

정 비장 그 말 듣고 양가죽 두루마기 활활 벗어 애랑에게 주며 이른 말이,

"맹상군은 흰 여우 털 외투를 얻어 진나라 왕의 애첩 행희에게 주었고, 수가는 세모시 두루마기도 범숙에게 주었으니, 잊지 못할 깊은 정

- 홍안(紅顏) 젊어서 혈색이 좋은 얼굴.
- 녹음방초(綠陰芳草) 푸르게 우거진 나무와 향기로운 풀이라는 뜻으로, 여름철의 자연 경관을 이른다.
- 원앙금침(鴛鴦衾枕) 원앙을 수놓은, 부부가 함께 덮는 이불과 베개.
- 냉이불 차가운 이불.
- 맹상군(孟嘗君)은 흰 여우 털 외투를 얻어 진나라 왕의 애첩 행희(幸姬)에게 주었고 중국 전국 시대 맹상군이 진나라 소왕(昭王)에게 볼모로 잡혔을 때, 도둑질 잘하는 부하가 창고에 있던 흰 여우 털 외투를 훔쳐 뇌물로 주고 풀려났다는 고사.
- 수가(須賈)는 세모시 두루마기도 범숙(范叔)에게 주었으니 제(齊)나라의 수가가 진(秦)나라 사신으로 온 범숙이 원수인 것을 몰라보고 자기가 입고 있던 세모시 두루마기를 벗어 주었다는 고사.

에 벗어 주지 못할 것이 무어냐? 나도 이 옷 벗어 너에게 주니, 깔고 덮고 베고 잘 때 부디 나를 잊지 마라."

애랑이 눈 한번 흘기고 앉아 또 말한다.

"나리 들으시오. 나리 가신 후 달빛 서늘하고 서리 차며 칼바람 휘휘 불다가, 눈마저 가득 내려 온 산에 배꽃 핀 듯 흰 눈이 흩날릴 제, 한양과 제주가 천 리 길에 가로막혀 임 만날 기약이 아득한데 비단 창 틈새마다 눈바람 들이치면 귀 시려 어찌 살리. 나리 쓰신 돈피 휘양 소녀에게 벗어 주고 가시면, 두 귀에 깊이 눌러쓰고 한라산 높이 올라 낭군 계신 한양성을 하루 열두 번씩 멀리 바라볼 수 있으련만. 그렇게 만 한다면 그 아니 다정하오?"

정 비장이 또 마음이 혹하여 쓰고 있던 휘양을 냉큼 벗어 내준다.

"입으로 털을 호호 불어서 쓰고 양손으로 덮고 나면 엄동설한 추위라도 네 고운 귀는 아니 시리리라. 이 휘양 쓸 때마다 부디 내 생각을 해 다오."

애랑이 말 끝나기가 무섭게 또 말한다.

"여보 나리, 들으시오. 소녀 비록 여자이오나 옛글에 들으니 '한 시대를 호령하던 다섯 임금이 죽었으니, 지니고 있던 보검이 천금 나간다.' 하더이다. 그 칼이 값비싼 것으로 이별할 때 칼을 뽑아 서로 주고받는 것도 평생 변치 않는 마음의 징표로 삼음이라 하니, 나리 차신 철병도(鐵柄刀)를 소녀 끌러 주고 가오."

정 비장이 옆에 찬 칼을 매만지며 말하기를,

"이는 나의 몸을 지키는 보검이라. 너를 주지는 못하겠다."

"나리는 옛글을 모르시오? 오나라 계찰이 서나라 임금의 뜻을 받들어 살아서 못 준 보검 죽은 후에 찾아가서 무덤 위에 걸었다 하니 그 신의가 죽음보다 굳다고 합니다. 임도 소녀를 생각해 칼을 주고 가시면 이 몸 죽어 없어져도 버리지 못할 이별 정표(情表)가 아니겠소."

"애 애랑아, 내 말을 들어 보아라. 장부의 보검이 값도 중하거니와, 만일 주고 갔다가 네가 이 검으로 나의 정을 베어 잊을까 그것이 걱정이로구나. 네 집에 있는 식칼을 잘 들게 갈아 두고 쓰는 것이 마땅하느니라. 칼 벼리는 값 두 푼일랑 내가 내주마."

애랑이 이제는 반 울음을 섞어 뺨을 붉히며 말한다.

"소녀 집에 있는 칼이 식칼뿐 아니라 호두 껍질과 호박으로 장식한 장도며, 오동 철로 자루를 하고 무소뿔로 칼집을 한 장도도 다 있으니, 칼이 없어 그러는 것이 아니라오. 나리 차신 철병도 저를 주시면 반드시 쓸 데가 있어 그러한데 소녀의 청을 끝내 뿌리치시렵니까?"

"네 어따 쓰려느냐?"

"충신은 외로운 신하 중에 나고 열녀는 천한 계집 중에서 나니, 열녀의 본을 받아 낭군을 위해 절개를 지킬 적에, 젊은 나이에 과부 된

• **돈피(豚皮)휘양** 돼지가죽으로 된, 추울 때 머리에 쓰던 모자.
• **보검(寶劍)** 보배로운 칼.
• **오나라 계찰(季札)이 서(徐)나라 임금의 뜻을 받들어** 오나라 왕의 아들 계찰이 사신으로 가는 길에 서나라에 들렀을 때 서나라 임금은 계찰의 칼이 마음에 들었지만 말하지 않았다. 이를 눈치 챈 계찰은 돌아오는 길에 다시 서나라에 들렀지만 임금은 이미 죽고 없었다. 이에 계찰은 보검을 풀어 무덤 곁에 걸고 떠났다.
• **장도(長刀)** 긴 칼.
• **오동(烏銅)** 검붉은 빛이 나는 구리.

　몸이 휑뎅그렁 빈방에 앉아 촛불에 의지하고 그림자와 벗을 삼아 임
그려 시름하는데, 사립문에 개 짖는 소리 점점 가까워 오고, 술과 여
자를 좋아하는 뭇 사내가 못된 마음을 품고 달도 없는 한밤중에 살
금살금 들어와서 잠근 문을 단숨에 열고 방 안에 들어오면, 소녀 혼
자 힘으로 당해 낼 수 없으니 나리 주신 철병도를 섬섬옥수로 선뜻 빼
어 키 큰 놈은 배를 찌르고 키 작은 놈은 멱을 찔러 멀리 훨쩍 물리치
면, 낭군을 위해 원수도 갚고 소녀 절개 빛나리니, 그 아니 다정하오.
부디 끌러 주고 가오."
　정 비장이 그 말을 들으니 기분이 한껏 좋아져서 고개를 젖혀 껄껄
웃고는, 철병도를 훨훨 끌러 애랑에게 내주고 하는 말이,

　"이별 고통이 이러하냐? 내 너의 말을 들으니 청심환 한 개를 갈아 마신 듯 맺힌 것이 다 달아나는구나. 내가 옛사람들의 칼 쓰는 법을 일러 줄 터이니 잘 들어 두어라. 오나라 촉루검은 천하의 보검으로 충신 오자서를 베었으니 잘못 쓰인 검이고, 진시황의 태아검은 여섯 나라를 통일했으니 천하에 용맹한 검이고, 한나라 한신의 원융검은 백전

* **몌** 목의 앞쪽.
* **오자서(伍子胥)** 오자서의 아버지와 형이 월나라에 잡혀 죽자 원수를 갚으려고 오나라의 재상이 되어 월나라를 쳐서 이겼다. 그러나 억울한 누명을 쓰고 오나라의 왕 부차에게 죽임을 당했다.
* **한신(韓信)** 한(漢) 고조를 도와 조, 위, 연, 제나라를 멸망시킨 중국 전한의 무장.

백승하니 비길 데 없는 검이며, 형가의 잘 드는 비수는 허청금 한 곡조에 다 잡은 진시황을 못 찌르고 주인을 죽게 했으니 헛된 검이며, 관운장의 청룡검은 조조를 잡고도 살려 보냈으니 의로운 검이라.

이제 이 칼 너를 주니 숫돌에 잘 들게 갈아 놓았다가 높은 절개 범하는 놈이 덤비거든 놀라지 말고 힘을 다해 찌르면 만 명의 적은 못 당해도 한 사람은 네 능히 상대하리라."

애랑이 철병도를 받아 놓고는 고쳐 앉아 다시 운다.

"여보 나리, 들으시오. 나리 입으신 비단 저고리, 비단 바지 아래위 옷을 벗어 소녀를 주고 가오."

"여자 옷을 달라는 것도 아니고, 남자 옷을 무엇에 쓰려고 달라는 말이냐?"

"에그, 소녀의 설운 사정을 이다지도 몰라주시오? 나리 아래위 옷 활활 털어 착착 접어 홰에 걸고 앉아서 보고, 서서 보고, 누워서 보고, 일어나 보고, 문 열고 밖에 나가 이리저리 거닐다가도 보려고 그러지요. 수심은 끝없이 쌓이고 임 생각 절로 날 제, 빈방 안에 홀로 잠 못 이뤄 우두커니 앉았으면 '기러기 다 가고 없으니 편지는 보낼 수 없고, 수심이 많으니 꿈조차 이루지 못하네.'라며 시나 읊조리다가 앉아도 임 생각 서도 임 생각 나오느니 한숨이요 흐르느니 눈물이라. 문득 방에 들어서는데 그리는 낭군은 멀리 가셨지만 옷이나마 홰에 걸렸으면, 옷 벗어 홰에 걸고 누웠다가 잠깐 뒷간이라도 가신 듯이 생각할 터이니 그 아니 다정하오."

정 비장이 이런 소리를 들으니 새록새록 반하여 정신이 혼미한 중에 아래위 옷을 죄다 훌훌 벗어 애랑에게 내주니, 애랑은 그 옷을 모두 받아 놓고도 또 앉아 운다.

"여보 나리, 들으시오. 정든 임 이별하고 때때로 생각나면 그 답답한 설움을 다 어이하리까? 임 그리다 든 병에는 약도 없다 하는데, 무얼 가지고 설움을 푸오리까? 부디 나리 입으신 고의적삼 소녀를 벗어 주면, 이 손으로 착착 접어 고이 간직했다가 임 생각에 잠 못 이루는 날이면 나리 고의적삼 몰래 꺼내 임과 둘이 자는 듯이 가슴에 품었다가 향기로운 임의 냄새를 폴싹폴싹 코에 맡으며 설움이나 풀겠으니, 그 아니 다정하오."

정 비장이 이미 혼이 빠졌으니 고의적삼이 다 무엇이냐, 몸뚱이 가죽이라도 벗어 줄 기세로 훌훌 벗어 애랑을 주니 정 비장이 알몸뚱이 비장이 되었구나. 밑천을 감출 길이 전혀 없어 방자를 부르는데,

"방자야!"

"예."

"가는 새끼 두 발만 꼬아 대령해라."

정 비장이 새끼로 속곳을 엮어 차고는 두런거리며 한다는 말이,

● 형가(荊軻) 전국 시대 유명한 자객. 형가가 진시황을 암살하려 할 때 진나라 궁녀가 허청금을 타서 형가의 마음을 혼란스럽게 하는 바람에 성공하지 못하고 죽게 되었다.
● 관운장(關雲長) 중국 삼국 시대 촉한의 무장인 관우(關羽). 장비, 유비와 의형제를 맺고 조조의 군대를 격파했다.
● 홰 옷을 벗어 걸어 두는 막대.
● 고의적삼 여름에 입는 홑바지와 저고리.

"어허, 날이 어찌 이리 추운고? 바다 한가운데 섬이라 바람이 참 차기도 하구나."

애랑은 본 체 만 체, 들은 체 만 체하더니 살살 눈을 흘기며 다시 말한다.

"나리, 들어 보시오. 옷은 그만 벗어 주고 나리 상투나 좀 베어 주시오. 소녀의 머리와 한데 땋아 놓으면 구름같이 되겠으니, 그 아니 다정하오."

"아무리 그래도, 네가 나를 중놈 아들로 만들려느냐?"

하니, 웃음 흘리던 애랑이 눈이 금세 눈물 바람을 한다.

"여보 나리, 내 말씀 들어 보오. 나리가 아무리 다정타 해도 소녀 뜻만 못하시오. 애닯고 원통하고 분하고 서러워라. 상투가 아니 되면 나와 마주 앉아 서로 보고 방싯방싯 웃던 앞니 하나 빼어 주오."

정 비장이 어이가 없어도 그저 웃음만 나오니 하릴없이 묻는다.

"이제 부모가 남긴 몸까지 헐라 하느냐? 앞니는 어따 쓰려고?"

"하얀 이 하나 빼어 주시면 손수건에 고이 싸서 백옥함에 넣어 두고, 눈에 암암 귀에 쟁쟁 임의 얼굴 보고 싶을 때 종종 꺼내어 마주하다가, 소녀 죽은 후에는 관 속에 함께 묻어 영영 한 몸 될까 하니 그 아니 다정하오."

정 비장이 애랑 손을 한번 넙석 잡더니 밖을 내다보고 사람을 찾는다.

"공방 창고지기야, 장도리와 집게 대령해라."

"예, 대령했소."

"이를 얼마나 빼어 보았느냐?"

"예, 많이는 못 빼어 보았사오나, 서너 말 정도는 빼어 보았습니다."

"이놈, 제주도 이는 다 뽑은 놈이로구나. 다른 이는 상하지 않게 앞니 하나만 쏙 빼어라."

"소인이 이 빼기에는 솜씨가 타고났사오니 염려 놓으십시오."

했는데, 작은 집게로 잡고 빼었으면 쏙 빠질 것을 큰 집게로 앞니 여럿을 휩쓸어 잡고 좌충우돌하며 무수히 어르다가 뜻밖에 코를 탁 치니, 뽑으라는 이는 못 보고 코피를 보니 정 비장이 코를 잔뜩 움켜잡고,

"어허, 낭패로고. 이놈! 너더러 이 빼랬지 코 빼라더냐?"

공방 창고지기가 능청스레 대답한다.

"쏙 빠지게 하느라고 코를 좀 쳤소."

"이를 빼라 한 내가 잘못이다."

정 비장이 탄식하며 이리하고 있는데, 애랑은 몸을 배배 꼬다가 또 한마디를 한다.

"나리, 그리하면 앞니는 놔두고 양다리 사이의 주장군 한 줌 반만 베어 주오."

정 비장이 코가 막히고 기가 막히는구나.

"이제는 네가 씨도 말리고 사람도 잡자는 게로구나. 그는 어따 쓰려느냐?"

"나리 가신 후에 독수공방 울적할 제, 얼굴은 못 보더라도 몸이나

• **공방(工房)** 조선 시대 각 지방 관아에 속한 육방(六房) 중 공예, 건축, 토목, 공사 등을 맡아보던 부서.
• **주장군(朱將軍)** 남자 성기를 비유하는 말.

마 짝을 지어 두면 맺힌 설움 풀 것이며, 짝이 있는 규방을 어느 놈이
범하리까? 이리하면 비장님 좋은 일이요, 낭군 같은 호남자를 한양으
로 보내 놓고 말만으로는 믿을 수 없사오니 정표로 남겨 주시면 소녀
또한 좋은 일이니 그 아니 다정하오?"

정 비장이 그 말이 참 입맛에 붙으나 그렇다고 베어 줄 수 없는지라.
한참을 둘이서 이리저리 실랑이하는데 마침 방자가 올라와 아뢴다.

"나팔을 한 번, 두 번, 세 번 분 다음에 사또 배에 오르시었으니, 어
서 바삐 배에 오르시옵소서."

정 비장 어쩔 수 없이 일어서며 탄식하되,

"노 젓는 소리 한 마디에 한양 떠나는 배라. 배 떠나자 재촉하니 슬
픈 마음 만 갈래로 이는구나. 배는 떠나려 하고 임은 잡고 아니 놓네."

애랑은 정 비장 손을 잡고 발을 구르며 탄식하되,

"우연히 만났던들 나를 두고 어디 가오. 진나라 서불은 동해 삼신산에 불사약(不死藥) 캐러 갈 제 동남동녀(童男童女) 실어 가고, 월나라 범상국도 오호(五湖) 맑은 바람 호화선에 서시를 실었으니, 하루 천 리 가는 저 배에 임도 나를 실어 가소. 살아서 못 볼 임 죽어서 다시 볼까? 낭군은 죽어 학이 되고, 첩은 죽어 구름 되어, 구름은 학을 따르고, 학은 구름을 따라 흰 구름 첩첩 쌓인 곳마다 서로 즐기며 놀아 볼까?"

정 비장이 화답한다.

"너는 죽어 높이 걸린 달이 되고, 나는 죽어 번듯 솟는 해가 되어 정다운 얼굴을 맞대고 매일매일 서로 보자."

이렇듯 작별할 제, 신관 사또 앞길을 인도하는 예방 배 비장이 이 거동 잠깐 보고 방자 불러 슬쩍 물어본다.

"저 건너 노상에서 서로 잡고 못 떠나는 청춘 남녀 저 거동 웬일이냐?"

- 규방(閨房) 부녀자가 거처하는 방.
- 호남자(好男子) 호걸의 풍모가 있고 남성다우며 풍채가 좋은 사나이.
- 서불(徐市) 중국 진나라 때 진시황의 명령으로 먹으면, 죽지 않는다는 불사약을 구하기 위해 남자아이, 여자아이 삼천 명을 데리고 떠났으나 돌아오지 않은 인물.
- 범상국(范相國) 월나라 범려를 이른다.

"기생 애랑이와 구관 사또의 정 비장이 작별하는 줄 아뢰오."

배 비장 그 말 듣고 빈정거리기를,

"거 참 허랑한 장부로다. 친척과 부모를 멀리 떠나 천 리 밖에 와서 아녀자에 크게 혹하여 저다지 애걸하니 체면이 아주 틀렸다. 우리야 만조 절색 아니라 양 귀비, 서시라도 눈이 돌아가거든 개아들 놈이다."

방자 놈이 코웃음을 치며 대꾸한다.

"나리도 남의 말 쉽게 하지 마옵소서. 애랑의 요염한 태도와 아리따운 얼굴을 보시면 치마폭에 움막을 짓고 거기에다 살림을 차리지요."

배 비장 안색을 바꾸고 방자를 꾸짖는다.

"이놈, 네가 양반의 지조와 덕을 어찌 알고 경솔히 말을 하느냐!"

"정 그러하시면 황송하오나 소인과 내기를 하시지요."

"무슨 내기를 하려느냐?"

"나리께서 올라가시기 전에 저 기생에게 눈을 아니 돌리시면 소인이 식구들을 끌고 댁에 가서 종이 되겠고, 만일 저 기생에게 반하시오면 타신 말을 소인 주기로 하십시다."

"좋다. 그리하자. 내 사또를 모시는 비장이 되어 너 속일 일일랑 없으니, 네놈이나 나중에 딴소리나 말아라."

● 만조 절색(滿朝絕色) 온 조정 안에서 견줄 데 없이 빼어나게 아름다운 여자.

너희 중에 누가 배 비장을 웃게 하겠느냐

한참 이리할 제, 신관 사또와 구관 사또는 인수를 주고받고, 새 사또
가 부임지로 들어간다. 사또가 구름 같은 행렬을 거느리고 호기 있게
들어갈 제, 취타수와 세악수가 산천이 떠들썩하게 "니나노 나노 뚜따
처르르" 하며 군악을 울리고, 사령과 노비들은 남색 전대 둘러매고 붉
은 털벙거지에 날랠 용(勇) 자 붙여 쓰고 병기를 번듯이 들고 "예이찌
룩 예이찌룩" 떠들썩하다.

　새 사또가 부임한다는 소식에 관아 기생들이 색색깔 비단옷과 갖
은 노리개로 한껏 단장해 나이대로 늘어서니 오색 빛깔 찬란하다. 호
위 비장들도 좋은 비단 군복에 순은 장식 번쩍이는 관대와 호박 갓끈
을 갖추고 활과 화살을 비껴 차고 은 안장에 호피 깔개 덮은 준마에
높이 앉으니, 구름은 용을 따르고 바람은 호랑이를 따르듯 그 모습이

늠름하다. 선남선녀가 성 가운데 모여드니 신선 잔치가 따로 없구나.

늠름한 행렬의 호위를 받고 신관 사또가 부임하니 말 모는 소리 요란하고, 취타 소리 땅을 진동한다. 성안은 남녀노소가 모두 나와 구경하느라 와자지껄하다. 육방의 비장들과 관속들이 사또께 인사를 올리고 각자 맡은 부서로 돌아오니 부임 행차가 끝났다.

때마침 서편으로 해가 지고 동편으로 달이 돋아 오니 청풍명월 한밤중에 태평한 기상이 오늘따라 제일이라 사람의 마음을 들뜨게 하는구나. 다른 비장들은 여러 기생 중에 마음에 드는 기생을 차차 골라 정하고 방방이 들어가 앉았다. 맑은 노래와 단소, 거문고 소리 서로 화답하여 달밤에 낭자하니, 배 비장은 울적하고 답답한 마음에 한데 어울려 놀고 싶어도 낮에 한 내기 때문에 그러지 못하고 그저 남노는 것이나 비아냥거리고 앉았을 제, 여러 비장 동료가 사람을 시켜 배 비장을 부추긴다.

"방자야, 네 예방 나리께 가서 '물색 좋은 이곳에 와서 수심이 많으시니 웬일이오니까?' 여쭙고 '고향 생각 너무 마옵시고 이 중에 아리따운 미색을 골라 수청 들게 하옵고, 끌어안고 정겨운 얘기 나누는 것이 장부의 마땅한 일이니, 이리 건너오시면 같이 즐기리다.' 하고 여쭈어라."

방자가 분부 듣고 예방 나리께 쪼르르 달려가 말을 전한다. 배 비장이 그 말을 듣고 화답하니,

"우선 '안부를 물으시니 감사하옵니다.' 하고 '나리께서는 나와 같이 서울에서 자란 친구지만 나의 근본을 모르시니 애닯소이다.' 하고 '우리는 본시 구대정남이라 절대로 허튼 마음은 없사오니, 내 말씀은 마

시옵고 거기서나 듣기 좋고 보기 좋은 것과 마음에 즐거운 것을 모두 다 하옵소서.' 하고 여쭈어라."

하다가 갑자기 생각난 것이 있어 방자를 펄쩍 부른다.

"방자야, 방자야!"

"예, 예."

"지금 전체 기생을 맡아보고 있는 자가 누구냐?"

"행수 기생에 차질예로소이다."

배 비장이 차질예를 불러 근엄한 얼굴로 분부를 내린다.

"네 만일 지금 이후로 기생년들을 내 눈앞에 비추었다가는 엄한 매로 다스리리라."

이런 곡절을 사또가 잠깐 들으시고는 작정을 하고 일등 명기들을 다 부르신다. 사또 기생을 부를 때, 기생 명부를 앞에 놓고 좋은 글귀

- **인수**(印綬) 병조 판서와 같은 높은 무관들이 군사를 동원할 수 있는 권한의 징표인 발병부(發兵符) 주머니를 매어 차던 길고 넓적한 사슴 가죽 끈.
- **취타수**(吹打手) 나발을 불고 북과 바라를 연주하던 군사.
- **세악수**(細樂手) 피리와 해금을 연주하고 장구와 북을 치던 군사.
- **군악**(軍樂) 군대에서 의식을 하거나 장병의 사기를 높이기 위해 연주하는 음악. 조선 시대에는 취타와 세악이 있었다.
- **사령**(使令) 조선 시대에 관아에서 심부름을 하던 사람.
- **전대**(戰帶) 군복에 두르던 띠.
- **병기**(兵器) 전쟁에 쓰는 기구.
- **관대**(冠帶) 옛날 벼슬아치의 공복(公服).
- **관속**(官屬) 지방 관아의 아전과 하인을 통틀어 이르던 말.
- **구대정남**(九代貞男) 구 대를 이어 오면서 아내 이외의 다른 여자를 가까이하지 않고 절개를 지킨 남자.
- **행수**(行首) 한 무리의 우두머리.

를 맞추어 그럴듯하게 부르는 것이었다.

"아침 비에 먼지가 촉촉이 젖으니 객사 앞의 버들잎이 푸르르구나, 유색(柳色)이."

"예, 대령했나이다."

"가냘픈 초승달 그림자가 비단 창에 비추었다, 초월(初月)이."

"예, 대령했나이다."

"술집이 어디냐고 물으니 목동이 살구꽃 핀 마을을 가리키는구나, 행화(杏花)."

"예, 대령했나이다."

"임을 생각하나 볼 수가 없구나 반월(半月)이, 그윽한 대밭에 홀로 앉아 거문고를 탄다 금선(琴線)이, 배를 타고 물을 따라가니 무릉도원이 여기로구나 홍도(紅桃), 일 년 내내 봄빛이니 죽엽(竹葉)이, 얼굴이

곱다 화색(花色)이, 달에서 내려온 신선처럼 태도 곱다 월하선(月下仙), 줄풍류 으뜸에 봉하운(逢夏雲), 노래 으뜸에 추월(秋月)이, 집안 가득 봄빛이 드니 붉은 연꽃 핀다 홍련(紅蓮)이, 인간 세상에 귀양 왔으니 강선(降仙)이, 색 즐기는 음덕(陰德)이, 여기저기 서방 널려 있는 탕진(蕩盡)이, 행수 다음가는 기생 억란이, 행수 기생에 차질예, 가무 접대 능란하다 제일 미색에 애랑이"

"예, 대령했나이다."

모두 대답하니, 사또가 분부를 내린다.

"너희 중에 배 비장을 혹하게 하여 웃게 하는 자 있으면 상을 크게 줄 것이니, 그리할 기생이 있느냐?"

한 기생이 선뜻 나서니 다름 아닌 애랑이로구나.

"소녀가 민첩하지 못하나 사또 분부대로 거행할까 하나이다."

"네 능히 배 비장의 절개를 꺾을 재주가 있으면 제주 기생 중에 인재라 하리로다."

"지금 바야흐로 봄이 한창인 좋은 때이오니, 사또께서 내일 한라산 꽃놀이를 하옵시면 소녀 그사이에 좋은 계책을 내어 배 비장의 절개를 꺾겠나이다."

사또가 비장들과 의논하여 날이 밝아 올 무렵에 명을 내려 한라산 꽃놀이를 갈 제, 사또 행장 차림새 볼작시면, 용머리 새긴 주홍색 남여에 호피 깔개 돋우어 높이 타고, 위엄 있는 창검과 깃발 좌우 벌여 세우고 "물렀거라!" 하며 행차할 제, 연두저고리 다홍치마 곱게 차린 기생들은 흰 비단으로 만든 한삼 소매 높이 들어 풍악 소리에 노닐며 "지화자 지화자" 하는 소리, 온갖 꽃나무 가지 사이로 풍악 소리와 섞여 산과 물에 널리 울려 퍼지는데, 새들이 울음을 울어 봄을 알리는구나.

후루룩, 벅궁, 꼬고약, 꺽, 푸드득, 숙궁, 소쩍다, 떵그렁, 삐비죽, 부러귀, 가부락갑죽, 으흥, 접동 우는 것은 꽃이 만발한 산에 온갖 새요, 따뜻한 봄바람에 얼크러지고 뒤틀어져 가지 잎잎이 우줄우줄 활활 구불구불 늘어진 것은 푸른 숲 개울가에 가지 드리운 수양버들이요, 복사꽃 흩어져 물 위에 떠오는 듯 휘휘 돌아치다 우르렁 출렁 풍풍 뒤질러 좌르르 콸콸 흐르는 것은 폭포수라. 맑은 물이 굽이굽이 아홉 굽이로 돌아드니 신선이 산다는 봉래산이 바로 여기로구나.

사또 소나무 아래 남여를 내려놓고 경치를 살펴보니 제주 사면의 푸른 물결은 하늘과 한 빛깔로 둘렀는데, 쌍쌍이 나는 백구 물결 따라 흘리어 떠 있고, 점점이 흩어져 있는 고깃배는 너른 포구에 돛을 달고 골골이 드나든다. 맑은 바람을 쏘이면서 적벽강에서 뱃놀이하던 소동파가 이곳을 보았더라면 적벽강을 잊을 것이며, 등왕각(騰王閣)에서 노래와 춤을 즐기던 왕발(王勃)이 이곳을 보았더라면 '해질 무렵에 외로운 오리가 난다'라는 시를 여기 와서 읊으리라.

- **줄풍류** 현악기를 연주하며 노는 것.
- **행장**(行裝) 여행할 때 쓰는 물건과 차림.
- **남여**(藍輿) 의자와 비슷하게 생겨 위를 덮지 않은 작은 가마.
- **한삼**(汗衫) 손을 가리기 위해 여자의 윗옷 소매 끝에 흰 헝겊으로 덧대는 것.
- **백구**(白鷗) 갈매기.
- **소동파**(蘇東坡) 중국 북송의 문인. 당송 팔대가의 한 사람으로, 양쯔 강 상류의 적벽강을 유람하며 지은 시 〈적벽부〉로 유명하다.
- **해질 무렵에 외로운 오리가 난다** 당나라 시인인 왕발이 《등왕각서》에서 등왕각 주변 강 풍경을 읊은 대목.

　사또와 모든 비장이 여러 기생에게 술을 부어 감홍로며 계당주를 취하도록 마시고 봄기운을 못 이겨 흔들흔들 노니는데, 배 비장은 혼자서 청렴하고 고결한 척은 있는 대로 다 하면서 소나무 아래 바위 위에 홀로 앉아 남 노는 것을 비웃으며 글을 지어 읊는다.

　　하늘 저쪽으로 한양 길은 천 리요,
　　바다 넓으니 제주는 만 길 파도에 둘러 있네.
　　꽃 같은 미인은 나와 아무 상관없고,
　　술에 취하여 무한히 좋은 풍경만 희롱한다.

　이렇게 배 비장이 글이나 읊고 무료히 앉았다가 우연히 수풀 사이 폭포를 바라보았는데, 복사꽃 어린 곳에 옥으로 깎은 듯한 한 미인이 어리락 비치락 온갖 교태를 다 부리며 숲 사이에 쳐 놓은 흰 장막 사이로 나왔다 들어갔다 하기도 하고, 앉았다 일어섰다 하기도 하는 것이 눈에 들어왔다. 안개가 찬물 위에 어리고 달빛이 모래 위에 어리는 것같이 이리저리 노는 거동은 마치 달나라 선녀가 인간 세상으로 내려와 거니는 듯했다.

　배 비장이 눈을 떼지 못하고 있는 줄을 아는지 모르는지 이 선녀가 난데없이 옷을 있는 대로 활활 벗어 던지더니 너른 바위 위에 착착 올

● 감홍로(甘紅露) 맛이 달고 독하며 붉은빛이 나는 평양 특산의 소주.
● 계당주(桂當酒) 계피와 당귀를 소주에 넣어 만든 술.

려놓고는 푸른 제비가 물에 배를 씻으려는 듯 찬물에 풍덩 뛰어든다. 이리 텀벙 저리 텀벙 물놀이하는 거동을 보니, 푸른 물결 맑고 맑은 연못에 가랑비 내려 젖은 연꽃이 봄빛을 만나 수줍게 피어난 듯이 눈부시다.

맑은 물 한 줌을 섬섬옥수로 담뿍 쥐어 옥같이 고운 양팔을 칠팔월 가지 씻듯 뽀드득 씻어도 보고, 맑은 시냇가에 연꽃이 만발한데 푸른 연잎을 뚝 떼어 맑은 물 담뿍 떠서 흰 이와 붉은 입술로 물어다가 푸르르 뿜어도 보고, 버들잎 주르륵 훑어 내어 부는 바람에 펄펄 날려 잔잔히 흐르는 물에 살랑살랑 띄워도 보고, 울긋불긋 활짝 핀 꽃을 따서 머리에도 꽂아 보고, 물그림자 살살 흩어 물속에서 헤엄치는 고기 떼와 장난도 해 보고, 조약돌 얼른 집어 버들가지에 내려앉은 꾀꼬리를 쫓아도 본다. 한참을 이리 놀다 구름같이 반지르르한 머리 솰솰 떨쳐 갈라내어 두 손으로 휘휘 틀어 땋은 머리를 만드는구나. 울렁출렁 목욕하는 저 거동, 손도 씻고 발도 씻고, 등·배·가슴도 씻고, 여기도 씻고 저기도 씻고, 한참 이리 목욕할 제 배 비장 그 거동을 보고 무릎이 휘청 정신이 아득하다. 구대정남은 간 데 없고 천하에 음탕한 사내가 되어, 도둑질하다 들킨 놈마냥 숨을 헐떡이며 어깨춤을 들썩들썩하고 있자니 혼잣말이 나온다.

"어떤 여인인지 모르겠으나 사내 여럿 망쳐 놓았겠다."

배 비장은 그 여자의 근본을 알고 싶었지만 차마 누구에게 묻지는 못하고 군침만 모아 꿀꺽 삼키고 있다.

"내가 본디 서울에서 자라 팔도강산 가운데 이름난 경치 아니 본 곳이 없건마는 제주같이 좋은 강산은 보던 바 처음이다. 술집과 기생집 곳곳마다 미인도 무수히 보았건만, 저기 보이는 저 여인 같은 자태는 전생에도 못 보았으리라. 저런 여자를 지금 보았으니 어찌 헛되이 돌아갈 수 있으랴."

　이러할 즈음에 날아다니던 새는 잠 잘 곳을 찾아 숲 속에 날아들고, 어촌에 해가 지니 석양이 비친다. 사또 남여 타고 관아로 돌아가려고 앞장서는 사람 재촉한다. 여러 비장과 기생, 하인 들도 일제히 돌아가려 하는데 배 비장은 뒤처질 마음을 먹고 꾀병으로 배앓이를 한다. 그러나 여러 비장 동료는 벌써 눈치채고 서로 몰래 "벌써 혹하였구나." 수군거리다가 배 비장에게는 모른 척 겉치레로 인사를 차린다.

　"예방께서는 급체한 듯하니 침이나 한 대 맞으시오."

　배 비장은 그런 줄은 꿈에도 모르고 얼른 둘러댄다.

　"아니오. 침 맞을 정도는 아니오. 잠시 쉬면 낫겠소."

　여러 비장이 웃음을 참고 방자를 불러 귓속말로,

　"너의 나리 병환이 고질병이라 하시니 다 진정하시거든 잘 모시고 오너라."

하고는 또 배 비장더러 딴소리한다.

　"이대로 사또께 잘 여쭐 것이니 마음 놓고 천천히 쉬어 오시오."

　"여러 동관께서 이처럼 염려하시니 감사하거니와, 사또께 미안치 아

● 동관(同官) 한 관아에서 일하는 같은 등급의 벼슬아치.

니하도록 잘 여쭈어 주시기를 바라오. 애고, 배야!"

그중에 동료 하나가 짓궂기 짝이 없는지라, 배 비장의 애를 태우려고 수작한다.

"그것일랑 염려 마시오. 사또께서도 동관께서 이처럼 가끔씩 도지는 병이 있는 줄을 짐작하시는 갑디다. 들으니 이렇게 배 앓는 데는 계집의 손으로 문지르는 것이 즉효 약이라 하더이다. 기생 한 년을 두고 갈 것이니 잘 문질러 보시오."

"아니오. 내 배는 다른 배와 달라서 기생을 보기만 하여도 더 아프니 그런 말씀은 내 귀에 다시 마시오. 애고, 배야!"

또 한 비장이 장난기가 발동하여 한술 더 뜬다.

"그 배 이상한 배요. 계집 말만 해도 더 앓소그려. 우리가 다 같은 한양 사람으로 천 리 밖에 와서 정이 형제 같은 터에 저처럼 아픈 것을 혼자 두고 갈 수가 있소? 낫기를 기다렸다가 같이 가야 도리겠소."

배 비장이 속으로 깜짝 놀라서 당장 손사래를 치며,

"아니오. 그게 무슨 말씀이오. 나는 병이 나면 혼자 진정을 해야 속히 낫지, 만일 형제간이라도 같이 있으면 낫기는커녕 마음이 편치 않아 새록새록 더 아프니, 사람을 살리려거든 제발 어서 가시오. 애고 배야, 애고 배야! 나 죽겠소."

"그러시면 갈 수밖에 없으니 혼자 갔다고 무정하더라 하지 마시오."

이리하여 겨우 일행을 돌려보내고 나서 배 비장은 그 여인 보려 더욱 다급해진 마음으로 방자를 찾는다.

"방자야, 애고 배야!"

"예, 예"

"얘야, 나는 여기를 오니 술에 취해 눈이 몽롱해 앞을 못 보겠다. 애고애고!"

"소인도 나리께서 앓으시는 것을 보니 덩달아 정신이 아주 없습니다."

"잔소리 말고, 우리 사또 가시는 데나 자세히 보아라."

"저기 산 중턱에 내려가시오."

"애고, 배야! 다시 보아라."

"나무에 가려서 보이지 않소."

"그러하냐? 사또 가셨다니, 내 배 이제 그만 아프다."

그녀의 눈웃음에 남자들 쓰러지다!

애랑에게 홀딱 빠진 정 비장은 자신이 가진 재물을 다 내주는 것도 모자라 입은 옷을 다 벗어 주고 이까지 뽑아 주려고 합니다. 도대체 애랑이가 무슨 요술을 부렸기에 멀쩡하던 정 비장이 저 지경이 되었을까요? 남자들을 꼼짝 못하게 했던 요부(妖婦)들의 이야기를 들어 봅시다.

나는 사랑받을 자격이 있어요.

애랑의 매력 넘치는 당당함

사랑을 당당히 요구하는 애랑

유혹의 비법이요? 당당하게 사랑을 요구하는 것 이라고나 할까요? 스스로 사랑받을 자격이 있다고 믿는 사람만이 자신의 매력을 마음껏 발산할 수 있답니다. 자신감이 있으니 당당하게 사랑을 요구 하지 못할 것도 없지요. 자신이 스스로를 바라보 는 가치만큼 남들도 나를 그렇게 보게 됩니다. '나 에겐 뭔가 특별한 것이 있다.'는 최면을 나와 다른 이들에게 걸어 보세요.

세이렌의 천상의 목소리

달콤한 목소리로 뱃사람들을 유혹하는 요괴 세이렌

뱃사람들을 정신 못 차리도록 매혹하는 것은 나의 노래예요. 파 도 소리 외에 아무것도 들리지 않는 바다를 항해하는 이들 에게 나의 아름다운 목소리는 뿌리칠 수 없는 유혹이지 요. 때로는 보이는 것보다 보이지 않는 것이 더 강렬 하답니다. 노래를 듣고 싶은 이들에게 적절한 때에 달콤한 목소리로 원하는 노래를 불러 주세요. 어떤 남자도 사랑에 빠지지 않을 수 없을 거예요.

때론 보이지 않는 것이 더 강렬하답니다.

밀고 당기는
기술을 발휘하세요.

조세핀의 수완 좋은 기술

유럽의 정복자 나폴레옹을 사로잡은 조세핀

사랑에 빠진 나폴레옹은 내가 두 아이 딸린 과부이고, 눈에 별로 띄지 않는 외모를 지녔으며 심지어는 여섯 살이나 많다는 것까지도 '남들과 다른 매력'으로 여겼답니다. 항상 전쟁터에서 살다시피 하느라 늘 긴장 상태이던 나폴레옹을 다정하게 감싸 주며 한껏 당기다가도 때로는 냉정하게 거리를 두며 밀쳐 낸 것은 그가 나를 떠나지 못하게 만든 나만의 기술이라고 할 수 있어요.

포사의 완벽한 내숭

중국 주나라 유왕을 사로잡은 포사

유왕은 나의 웃는 모습을 참 좋아했어요. 나는 일개 후궁이었지만 항상 나를 다 보여 주지는 않았어요. 그가 나에게 주는 모든 것에도 그저 보일 듯 말 듯 고개만 살짝 끄덕여 감사의 표시를 할 뿐이었지요. 그는 나의 웃는 모습을 보기 위해 무엇이든지 했지요. 이러한 나를 두고 사람들은 '경국지색(나라를 기울게 할 정도의 미모)'이라고 하더군요. 요즘 사람들은 이를 내숭이라고 말할지도 모르겠어요. 하지만 사랑을 지키기 위해서 남녀 간의 내숭은 필수적인 것 아닐까요? 누구든 감추고 싶은 모습이 있기 마련이니까요.

숨기는 게
매력이지요.

저것이 금이냐, 옥이냐

배 비장이 목욕하는 여자를 보려고 꽃과 풀이 우거진 시냇가 좁은 길로 몸을 숨겨 가만가만 걸어가다가 뒤따르는 방자를 낮은 소리로 부르니, 배 비장 속을 훤히 아는 방자, 대답을 하기는 하면서도 말공대는 점점 없어진다.

"예, 무슨 일로 부르우?"

"너, 저 거동 좀 보아라."

"거기 무엇이 있소?"

"이것아, 요란히 굴지 마라. 조용히 구경하자. 물에 놀고 산에 놀고 온갖 교태를 다 부리며 노는 거동이 금도 같고 옥도 같다. 저것이 금이냐, 옥이냐?"

"저 물이 여수가 아닌데 금이 어찌 있으리까?"

"그럼 옥이냐?"

"이 산이 형산이 아닌데 옥이 어찌 있으리까?"

"금도 아니고 옥도 아니면 꽃이냐? 향기가 그윽하니 매화냐?"

"눈 덮인 산중도 아닌데 매화가 어찌 피오리까?"

"매화 아니면 도화냐?"

"무릉도원의 봄이 아닌데 도화가 어찌 피오리까?"

"도화 아니면 해당화냐?"

"명사십리가 아닌데 해당화가 어찌 피오리까?"

"그러면 빛이 노랗게 물든 국화냐?"

"구월 구일 중양절에 용산이 아닌데 노란 국화가 어찌 피오리까?"

"꽃이 아니면, 월나라 서시나 양 귀비냐?"

"오호의 맑은 바람이 없는데 월나라 서시가 어이 오며, 여산의 온천
궁이 아닌데 양 귀비가 목욕을 어이 하오리까?"

"서시나 양 귀비가 아니면, 보기만 해도 사람을 홀린다는 불여우냐?
여우 아니라 도깨비라도 죽고 사는 것 생각지 않고 혹하겠다. 애고애
고, 날 죽인다."

* **말공대** 말로써 상대편을 잘 대접하는 것.
* **여수**(麗水) 중국 형남(荊南)에 있는 금이 나는 강. 《천자문》에 '금생여수(金生麗水)'라는 구절이 있다.
* **형산**(荊山) 중국 남쪽의 명산. 초나라 사람 변화(卞和)가 이곳에서 옥을 얻었다.
* **명사십리**(明沙十里) 곱고 부드러운 모래가 끝없이 펼쳐진 바닷가를 이른다.
* **용산**(龍山) 중국에는 구월 구일에 국화를 감상하는 풍속이 있었는데, 진(晉)나라 맹가(孟嘉)가 용산에서
  잔치를 베풀어 유명해졌다.
* **여산**(驪山) 당 현종과 양 귀비가 놀던 화청궁이 있는 곳의 지명.

"나리, 무엇을 보시고 그다지 안달하십니까? 소인의 눈에는 아무것도 아니 보입니다."

"이놈아, 저기 저기 저 건너 흰 휘장 속에 목욕하는 저것을 못 본단 말이냐?"

"예, 나리께서 무엇을 보시고 그리하시나 했지요. 옳소이다. 저 건너 목욕하는 여인 말씀이십니까?"

"옳다! 보았단 말이냐? 쌍놈의 눈이라 양반의 눈보다 대단히 무디구나."

"예, 눈은 양반 쌍놈이 다르니까 소인의 눈이 나리의 눈보다 무디어 저런 예의가 아닌 것은 아니 뵈옵니다마는, 마음도 양반과 쌍놈이 달라 나리 마음은 소인보다 컴컴하고 음탕하여 남녀유별 체면도 모르고 규중처녀 은근히 목욕하는 것을 욕심내어 눈을 쏘아 구경한단 말씀이십니까? 근래 서울 양반들 양반 세력 빙자하여 계집이라면 체면 없이, 욕심낼 데 아니 낼 데 분간 없이 함부로 덤비다가 봉변도 많이 당합디다.

유부녀가 휘장을 치고 목욕할 때는 반드시 허물없는 일가친척이 옆에 지키고 있다가 무례한 외간 남자가 얼쩡거리기라도 하면 당장에 뛰어나와 덤벼들 것이니, 잘못 걸리면 매나 흠씬 맞을 것이오. 행여 저 여자 볼 생각, 마음에 품지를 마소."

배 비장이 방자한테 무안을 당하고는 정신을 차린 듯 다짐한다.

"내 다시는 아니 본다."

그러나 여자를 생각하면 정신이 헷갈리어 아무리 아니 보려 해도
자석이 날바늘을 잡아당기듯 눈이 자꾸 그리로만 끌려간다. 방자가
옆에서 그 눈치를 보고는,

"저 눈!"

배 비장이 벼락같은 소리에 움찔한다.

"아니 본다."

• **날바늘** 실을 꿰지 않은 바늘.

하면서도 눈이 자꾸 그 여인에게만 가는지라, 얄은꾀를 내어 방자를 부른다.

"방자야, 경치가 참 좋다. 서쪽을 보아라. 약수 삼천 리에 불 같은 저녁노을이 아니냐. 동쪽을 또 보아라. 해 뜨는 곳에 봄빛이 묘연하고 천 리에 물결 이는데 대붕이 날개를 펼친 듯 쪽빛 물결 사방에 둘러 있다. 북쪽을 또 보아라. 푸른 하늘에 우뚝 솟은 금빛 연꽃 봉오리처럼 나라를 지키는 명산이 저기로다. 중앙을 또 보아라. 백로를 탄 여동빈과 고래를 탄 이태백이 하늘로 날아오르는구나."

이리저리 가리키는 데로 방자 눈을 돌리는 사이에, 배 비장이 여인을 훔쳐보려는데 방자가 그 낌새를 알아채고는 냅다 소리를 질렀다.

"저 눈! 일 낼 눈이로고."

배 비장 깜짝 놀라 두 손으로 눈을 가리며,

"나 안 본다. 안 봐. 염려 마라."

한참을 이리할 제, 방자 괜히 헛기침을 한 번 칵 하니, 그 여인이 놀라는 체하고 몸을 옴쭉 소스라쳐 물 밖으로 뛰어나와 속치마 꿍쳐 안고 숲 속 휘장으로 얼른 뛰어드는 모양이 십오야 밝은 달이 구름 속으로 들어간 듯, 배 비장은 눈이 컴컴 어안이 벙벙하다.

"이놈! 네 기침 한 번에 낭패가 났구나."

이렇게 한탄하다가 배 비장이 이리저리 생각하는데 그 여인이 인기척을 알았으니 그저 가만히 있을 수도 없고 또 무엇보다 자꾸만 눈에 어른거리니 수를 내지 않을 수가 없었다.

"방자야! 너 저 건너 휘장 밖에 가서 공손히 문안 한 번 드리고 그 여인에게 전갈하되 '이 산에 지나가는 길손이 꽃놀이하러 올라왔다가 걷기에 지쳐 노곤하고 기갈이 몹시 심하니, 혹 남은 음식 있거든 주시어, 배고픔과 추위를 면케 하시고 급한 처지를 구해 주시기 바라옵나이다.' 하고 여쭈어라."

"나는 죽으면 죽었지, 그 전갈은 못 전하겠소. 알지도 못하는 남의 여자에게 음식 달라다가는, 몽둥이에 맞아 죽어 탕국에 제삿밥 말아 먹기 쉽겠소."

배 비장이 괜히 부끄럽고 열없어 하는 말이,

"이 애, 방자야, 만일 맞을 지경이면 매는 내가 맞을 것이니, 너는 바로 내빼려무나."

"나리 정경을 보니 몽둥이 바람에 죽는다 해도 소인은 그리할 수밖에 없소."

하고는 설렁설렁 건너가서 절하는 시늉만 꾸벅 하고 애랑에게 말한다.

"쉬, 애랑아, 배 비장이 벌써 네게 혹했으니 무슨 음식 있거든 좀 차려 다오."

애랑이 빙긋 웃고 음식 차릴 제, 산중에 없는 귀한 음식으로 정갈하게 차리겠다. 대모쟁반 금빛 그릇 벌여 놓고, 진달래 화전 한 접시 소담하게 담아 놓고, 붉은 홍시를 설탕 뿌려 벌여 놓고, 동정호 가을

* **대붕(大鵬)** 하루에 구만 리를 날아간다는 상상 속의 거대한 새.
* **여동빈(呂洞賓)** 당나라 사람으로, 종남산(終南山)에서 수도한 후 신선이 되어 학을 타고 다녔다고 한다.
* **이태백(李太白)** 중국 최고의 시인. 채석강에 빠져 죽을 때 고래를 타고 하늘로 올라갔다는 전설이 전한다.

물처럼 맑은 술 자라병에 가득 넣어 섬섬옥수로 내주며, 방자에게 조용히 전할 말을 일러 준다.

"너의 나리 무례하나 기갈이 매우 심하다기에 이 음식 보내니, 그도 먹고 너도 먹고, 두 사람이 서로 술을 권하면 산에 꽃이 핀다 하더라. 한 잔 한 잔 또 한 잔에 둘이 포식한 후, 그곳에 잠시라도 있지 말고 군자는 기회를 보아 일을 이룬다 했으니, 어서 가거라. 어서 가. 너무 오래 지체하다가는 큰 탈 날라."

방자가 음식을 가지고 돌아와 그리 사연을 전하니, 배 비장이 얼씨구나 하고 음식 받아 앞에 놓고 그 차림새를 칭찬하는데,

"겉을 보면 속까지 짐작할 수 있다 했으니 그 음식 한번 곱게도 차려 내었다. 내 이럴 줄 알았지. 그런데 저 감에 이빨 자국이 웬 것이냐?"

"그 여인이 감꼭지를 이로 물어 빼고 주옵디다."

배 비장 기가 막혀 껄껄 웃으며,

"이 음식은 너 다 먹어라. 나는 감 하나만 먹겠다."

방자가 눈치를 다 알면서도 짓궂게 그 감을 집으며 하는 말이,

"이빨 자국이 난 것이라, 그 여인의 침이 묻어 더러우니 소인이나 먹겠소."

"이놈! 기막힌 소리 말아라. 이리 내라."

배 비장 얼른 빼앗아 껍질째 달게 먹은 후에 그 여인에게 답을 보낸다고 방자를 앉혀 놓고는,

"'이같이 좋은 음식을 보내 주셔서 잘 먹었습니다.' 하고, 또 '무례하온 말씀이오나, 하늘은 사내를 내고 땅은 여자를 내었으니, 남녀의 만

남은 사람마다 다 있는 법이라. 술과 계집을 즐기는 방탕한 한량이 갑자기 이 산에 올라와서 꽃을 탐하는 벌과 나비의 마음을 품게 되었으니 이 마음을 알고 또 알아주옵소서.' 하고 여쭈어라."

방자가 다녀와서 하는 말이,

"그 여인은 노여워서 답례도 듣지 않고, 큰 탈 날 것이니 속히 가라 하옵디다."

배 비장이 크게 실망했으나, 다른 도리가 없어 얕은 한숨만 푹푹 뱉는다.

"하릴없다. 그만 내려가자."

• **자라병** 자라 모양으로 생긴 병. 주로 야외에서 물이나 술을 담을 때 쓴다.

되든 안 되든 말이나 건네 보자

배 비장이 침소로 돌아와서도 밤낮으로 그 여인을 못 잊어 앓는 소리를 내며 그리워하는구나.

"한라산 맑은 정기를 제가 모두 타고나서 그리 고이 생겼는가, 못 잊어서 한이로다. 침방이 적막한데 임 생각 그지없다. 봄바람에 우는 새는 회포를 머금은 듯, 뜰 가의 푸른 풀은 이별 눈물 맺힌 듯, 상사병이 골수에 깊이 들어 청춘 원혼 되겠으니, 북당의 늙으신 부모, 규방의 젊은 아내 다시 보기 어려워라. 애고 애고, 이 일을 어찌할꼬."

이처럼 속앓이를 하다가, '에라, 죽더라도 말이나 한번 해 보고 죽으리라.' 결심하고 방자 불러 간청한다.

"이 애, 방자야."

"예, 부르셨습니까?"

"이 애, 이리 좀 오너라. 나는 또 죽을병이 들었구나."

"무슨 병환이 드셨기에 그처럼 신음하십니까? 늦봄의 감기인 듯하오니, 패독산이나 두어 첩 잡수어 보시오그려."

"아니다. 패독산 먹을 병 아니다."

"그럼 망령 병이 드셨나 봅니다그려. 망령 병엔 즉효 약이 있습지요."

"무슨 약이란 말이냐?"

"젊은 양반 망령 병에는 '홍두깨를 삶아 먹는 것'이 즉효 약이라 하옵디다."

"아니다. 내 병에 드는 약이 있기는 있다마는 얻기가 좀 어렵구나."

"그 무슨 약이기에 그처럼 어렵단 말씀이옵니까? 하늘의 별도 따는데요."

"이 애, 그 말만 들어도 속이 시원하다. 그러면 내가 살고 죽기는 네 손에 달렸으니 날 좀 살려 다오."

"아따, 죽기는 누가 죽는다고 그러시옵니까? 어서 말씀이나 하시오그려."

"너도 알다시피 어제 한라산 수포동(水布洞) 숲 속에서 목욕하던 여인을 보고 내가 병이 나서 죽을 지경이로구나. 그 여자 좀 보게 해 주

• **침방(寢房)** 침실.
• **북당(北堂)** 집안의 주부가 거처하는 곳을 이른다.
• **패독산(敗毒散)** 강황, 땅두릅나물, 시호 따위를 넣어서 달여 만든 탕약으로, 감기와 몸살에 유용하다.
• **홍두깨를 삶아 먹는 것** 몽둥이로 때려서 고치는 것을 의미한다.

려무나."

"얼토당토않은 일이오. 소인이 어제 보니 그 여자가 규중에서 외간 남자 피하기를 각별히 하니 아마도 만나 볼 길이 전혀 없지 싶습니다."

"에잇, 다 해 줄 듯이 하더니만. 다 필요 없다. 이야기책이나 얻어 오너라."

이제부터 배 비장은 하릴없이 남원 부사 자제 이 도령이 춘향 생각하며 글 읽듯 하는가 보더라. 《삼국지(三國志)》, 《구운몽(九雲夢)》, 《임경업전(林慶業傳)》일랑 다 후려쳐 버리고 《숙향전(淑香傳)》 내어 놓고 읽어 내려가는데,

"숙향아, 숙향아, 불쌍하다. 그 모친이 이별할 제, 아가, 아가 잘 있거라. 배고플 때 이 밥 먹고 목마르기든 이 물 먹고, 죽지 말고 잘 있거라. 애고, 어머니, 나도 가세. 아서라, 다 던지고 숲 속 수포동에서 목욕하던 그 여자 가는 허리를 담뿍 안고 놀아 볼까?"

방자가 옆에서 가만히 책 읽는 소리를 듣고 있다가 이상한 소리가 나오자 코웃음을 참고 말한다.

"나는 그게 《숙향전》인 줄로만 알았는데 이상하다 했더니 과연 《수포동전(水布洞傳)》이오그려."

배 비장이 이미 상사병이 깊이 든지라, 입만 열면 하는 말이 나오는 족족 그리로만 간다.

"이놈 방자야, 이것 치우고 나와 긴한 이야기나 해 보자. 음식 차려 보낸 것을 보니, 그 여자도 내게 마음이 없지는 않다. 혹시 일이 안 되어도 좋으니 말이나 건네 보자."

"어디다가 말을 건네 보아요?"

"그 여인에게 건네야지."

"에이, 어림없소. 그 여인 성정이 매섭고 절개가 굳으니, 그런 생각 부디 마오."

"되나 안 되나 일단 편지를 써 줄 것이니, 일만 성사되면 구전 삼백 냥을 네게 주마."

방자 이놈이 관청에서 몇 년을 굴러먹던 놈이라, 구전 준다는 말에 돈냥이나 얻어 보자는 속셈으로 지그시 버티는 수작으로 나온다.

"소인은 그 편지 못 가지고 가겠습니다."

"얘, 그게 무슨 말이냐? 내가 천 리 밖에 와서 마음을 털어놓고 지내는 하인이 너밖에 또 누가 있느냐?"

"예, 소인이 나리께 인정과 도리로 말하면 물과 불이라도 피하려는 마음이 없겠으나, 소인이 그렇게 못할 사정이 있습니다."

"응? 그것이 무슨 사정이란 말이냐?"

"소인이 세 살 적에 아비는 죽고 늙은 홀어미 밑에 자라, 열 살부터 방자 구실을 하니 그 구실로 무엇이 넉넉히 나오겠습니까? 한 달에 관가에서 주는 것이라고는 돈 두 냥뿐이오니, 갖은 심부름에 신발값이나 되옵니까? 각방 나리님네 진지 잡수고 남긴 밥이나 얻어서 어미와 연명하는 터이올시다.

소인 사정 이러하여 지금 그런 위험한 편지를 가지고 갔다가, 일이 마음먹은 대로 되지 않아 함부로 휘두르는 몽둥이에 모진 매나 맞으면, 소인 죽고 사는 것은 원통치 아니하오나, 병신이 되면 나리도 모실

수 없고 늙은 어미의 밥줄이 아주 끊어질 것이니, 그렇게 되면 억울하
지 않겠습니까? 생각을 하온즉 그런 위태한 거동은 못하겠나이다."

"그것일랑은 염려 마라. 만일에 매를 맞을 지경이면 너 낫도록 내가
돌보아 줄 것이요, 네 늙은 어미는 내가 먹여 살릴 것이니 염려 마라."
하며, 궤문을 덜컥 열더니 돈 백 냥을 선뜻 내준다.

"약소하나 우선 네 어미 갖다 주어, 양식이나 팔아 먹도록 해라."

방자 못 이기는 체하고 돈을 받아 옆에 놓는다.

"그러면 편지나 잘 써 내시오."

배 비장이 일이 다 된 양 온 얼굴에 화색을 띠며 편지 써서 방자를

• **구전(口錢)** 소개해 주고 수고료로 받는 돈.

줄 때, 백 번이나 당부해 이른다.

"일이 되고 안 되고는 네 수단에 달렸으니, 부디 눈치 있게 잘 전해라."

방자가 편지를 들고 애랑에게 갖다 주니 그 편지가 이렇다.

제주 목사의 비장 결덕쇠는 머리가 땅에 닿도록 두 번 절하옵고 외람된 줄 아오나 이를 무릅쓰고 편지 한 통을 낭자 앞에 부치오니, 예의가 아니라고 책망하지 마시고 넓은 아량으로 살펴 주십시오.

이내 몸 팔자가 기박하여 공명을 이루지 못하고 제주도 수천 리에 보잘것없는 비장으로 와서 술과 여자에는 뜻이 없고 오로지 기막힌 경치만 눈 아래 굽어보며 홀로 앉았더니, 어제 우연히 한라산에 올라 꽃놀이하고 돌아오던 중에 낭자의 옥 같은 얼굴을 잠깐 보고 정신이 혼미해졌습니다. 돌아와서는 잊으려 해도 잊기 어렵고 생각하지 않으려 해도 생각이 저절로 나서 음식을 먹어도 맛을 모르고 누워도 잠이 오지 않아 골수에 병이 깊이 드니 길게 탄식만 할 뿐입니다.

애끓는 이 마음은 지난밤 거문고 소리를 잊지 못하는 탁문군의 마음과 같습니다. 꽃같이 활짝 핀 낭자의 몸도 매일 봄날처럼 젊을 수 없고 절로 늙어 아리따운 자태가 흰머리 되면, 세월이 세월이여, 한탄해도 다시 오지 않고, 다시 젊기 어려워라.

그리움에 사무친 병에는 신농씨가 지은 온갖 약도 효험이 없으니 낭자 몸에 지닌 약을 빌려 주시어 섬에 있는 외로운 나그네를 살리소서. 절개를 지키려는 행실은 부질없고, 사람 목숨 살리고 덕을 쌓는 것이 으뜸이니, 장부의 살고 죽는 것은 낭자에게 달려 있고, 낭자의 몸을 허락하는 것은 말 한마디에 달려 있으니, 말씀 한마디로 장부의 생사를 결정하소서. 만 갈래로 얽힌 비통한 마음을 붓으로 다 적기 어렵습니

다. 바쁜 중에 일을 제쳐 두고 적사오니 부디 헤아리시어 답장 주시옵
기를 엎드려 빌고, 또 엎드려 빕니다.

애랑이 이 편지를 보고 깔깔 웃으니, 방자가 능청맞게 한마디 한다.
"얘 애랑아, 답장을 하되 너무 대충 하지 말고 진득하게 잘해라."
애랑이 웃으며 대답하고 답장을 써서 방자에게 주니, 방자가 받아
들고 진둥한둥 뛰어와서 배 비장에게 전한다. 배 비장은 이미 여자에
게 깊이 빠져 있는 터라 답장을 받고는 황송하여 눈앞이 다 아득하여
두 손으로 공손히 편지를 받아 들고 《대학(大學)》이나 읽는 듯이 잔뜩
꿇어앉아 무수히 망설인 후에 한 자 한 자 찬찬히 살펴보더라. 그 사
연은 이러하다.

슬픔 가운데 있는 첩은 한 통의 답장을 비장 나리께 부치나니, 얼굴도
모르는 터에 편지를 보내는 것이 망측하기 짝이 없소이다. '잊으려 해도
잊기 어렵다.'라는 말은 괴이하고 '생각하려 하지 않아도 저절로 생각난
다.'라는 말은 수상하오. 병을 모르는데 병에 필요한 약을 내 어찌 알며
내 몸에 지닌 나도 모르는 약이 무엇이던가? 몹쓸 마음으로 탁문군을
입에 담으니 이런 미친 양반이 또 있던가?

• **걸덕쇠** 은덕을 구걸하는 사람. 여기서는 여자에게 추근대는 사람이라는 뜻.
• **탁문군(卓文君)** 한(漢)나라 탁왕(卓王)의 손녀로, 사마상여(司馬相如)의 거문고 소리에 반해 집을 나와 성
  도(成都)로 도망가 그의 아내가 되었다.
• **신농씨(神農氏)** 중국 고대 전설에 나오는 제왕. 농업, 의료의 신이다.
• **진둥한둥** 매우 급하거나 바빠서 몹시 서두르는 모양.

그대는 남의 신하로 있으면서 성현의 말씀도 모르시오? 임금에게 충성하는 것과 지아비를 절개로 섬기는 것은 천하의 마땅한 도리요, 예나 지금이나 변함이 없는 의리인데, 남의 정절을 앗으려 하니 그대에게 충성심과 절개가 있고 없음이 이로써 드러나도다. 미친 사람은 망측한 사연일랑 거두고 마음을 바로잡고 물러나시오.

배 비장이 읽어 가다가 물러가라는 말에 깜짝 놀라,

"허, 일이 다 글렀구나. 다 보아 무엇하리. 애고, 이 일을 어찌할꼬. 이제는 속절없이 섬 안의 원통한 귀신이나 되겠구나."

방자 곁에 섰다가 슬쩍 귀띔을 한다.

"여보 나리, 실망하지 마시고 그 아래를 보시오. '그러나' 연(然) 자가 있소그려."

배 비장이 깜짝 놀라 눈을 비비고 다시 보니,

"옳다, '연(然)' 자가 여기 있구나."

그다음의 사연이 이러하다.

그러나 장부의 귀하신 몸이 하찮은 여자로 인하여 병이 났다 하니, 그 사정이 매우 가련하게 되었구려. 첩은 규중 깊은 곳에 있어 출입을 마음대로 할 수 없으니, 서로 만나기가 지극히 어렵소. 달이 진 깊은 밤에

벽헌당(碧軒堂)을 찾아와서 은근히 들어오면 그대와 동
침을 하려니와, 만약 실수하는 날이면 그대의 목숨이 위
태롭도다. 만일 오실 터면 집 안에 식구가 많고 닭과 개
도 많으니 북쪽 창문 헌 구멍으로 살금살금 들어오되,
조심하고 또 조심하시오.

"얼씨구나 좋을시고. 내 병이 이제 다 나았다. 강호에 병이
들어 덧없이 죽는가 했더니, 낭자 회답이 반갑도다."

옛이야기 속 조연들

주인공보다 친숙한 소설 속 하인들

영화나 드라마에서 우리는 가끔 주연보다 빛나는 조연을 만날 때가 있습니다. 이러한 조연들은 영화나 드라마 속 이야기를 더욱 풍성하고 재미있게 만들어 가지요. 소설이나 연극 속에도 이야기에 맛을 내는 양념 같은 인물들이 있기 마련입니다. 하찮아 보여도 결코 빠져서는 안 되는 이 하인들을 한번 만나 볼까요?

맛깔나는 조연 상

《춘향전》의 방자

관아에서 잔심부름을 하며 관리의 시중을 드는 방자는 이몽룡과 춘향이 서로 만나서 인연을 맺기까지 '안내자' 또는 '사자(messenger)'의 역할을 톡톡히 합니다. 말하자면 '사랑의 메신저'인 셈이지요. 방자는 단순한 이야기의 안내자를 넘어 《춘향전》을 맛깔나게 하고 사건에도 깊이 관여합니다. 이몽룡이 '아버지, 형, 동생으로 부를 정도이지요. 하지만 방자는 방자일 뿐, 결코 주인공이 될 수는 없답니다.

《배비장전》의 방자

《배비장전》의 방자는 단순히 사건을 안내하는 조연이 아니라, 주인공과 비등한 위치에서 이야기를 주도하다시피 합니다. 방자는 배 비장의 우스꽝스러운 모습을 일부러 드러내어 망신을 주고 배 비장의 언행을 지도하며 훈계를 하는 등 주연 못지않게 숨겨진 주연 역할을 수행하지요.

〈봉산탈춤〉의 말뚝이

〈봉산탈춤〉의 말뚝이는 《배비장전》의 방자에 비해 상전을 매우 깍듯이 대하는 것처럼 보입니다. 하지만 사실은 반어(反語)를 사용하여 더욱 신랄하게 양반 삼 형제를 조롱하며 양반들의 무능력과 부패를 고발하고 있지요. 말뚝이는 모든 상황을 알고 움직여 관중들에게 통쾌함과 웃음을 선사합니다. 사건을 주도하고 있다는 점에서 말뚝이는 조연이 아닌 주연의 역할을 하고 있다고 할 수 있습니다.

《화용도》의 정욱

정욱은 조조의 부하로 알려져 있지만 판소리계 소설인 《화용도》에서는 조조의 조언자로 등장합니다. 정욱은 적벽대전에서 죽어 가는 사람들의 목소리를 대변하고, 조조의 잘못을 지적하여 꾸짖으면서 뛰어난 정치의식을 마음껏 드러내지요. 이런 점에서 《화용도》의 주연은 사실상 정욱이라고 할 수 있습니다.

〈피가로의 결혼〉의 피가로

프랑스 극작가 보마르셰의 시민극 〈피가로의 결혼〉에서 피가로는 자신의 신부가 될 수잔을 알마비바 백작이 넘보자, 스스로 백작의 하인으로 들어갑니다. 그러고는 모든 불리한 상황에서 재치를 발휘해 부당하게 권리를 행사하려는 백작을 혼내 주고 수잔과 결혼을 하게 되지요. 피가로는 프랑스 대혁명 이전의 신분 제도와 지배 계급에 대한 민중의 분노를 대변하는 인물입니다. 이런 면에서 피가로는 하인이지만 실질적인 주연이라고 할 수 있지요.

꿈에 그리던 미인이 기다리니 어서 가자

배 비장이 삼경을 기약하고 해가 지기만을 기다리니 석양은 오늘따라 더디 진다. 방자를 밥 먹으라고 보내 놓고 문을 걸어 닫고는, 여자에게 잘 보이려고 정성껏 의관을 차리는데, 망건 위에 탕건 쓰고 그 위에 벙거지 올려 쓰고, 철릭 위에 쾌자 입고 허리에는 관대 두르고 활과 화살 주머니를 제법 격식 있게 갖추고 빈방 안에 혼자 우뚝 서서 도깨비 들린 듯이 혼잣말로 두런거리며 하는 말이,

"이 모양으로 가만가만 걸어가서 여자 방문에 들어서며 기침 한 번을 가만히 하면, 그 여인이 눈치를 채고 문을 활짝 열겠다. 한 걸음을 당당하게 내어 딛고 방 안으로 쑥 들어가서는 점잖게 발을 옮기고 섰지. 사람이 할 수 있는 일을 다하고 천명을 기다리라 했으니, 여자에게 이리 한번 무관의 절도를 보여 주리라."

한참을 이렇게 연습하고 있는데 방자란 놈이 난데없이 문을 펄쩍 여는 것이다.

"나리, 무엇하시오?"

배 비장 깜짝 놀라,

"너 벌써 왔느냐?"

"예, 때맞춰 대령했소."

"이놈, 내 깜짝 놀라 땀이 다 난다."

배 비장이 헛기침 한 번 "에헴." 하고는 드디어 방자를 앞세워 문을 나선다.

"달이 진 산에 까마귀 울고, 고기 잡는 불빛이 물에 비춘다. 앞개울에 있던 사람은 돌아가고, 봄바람에 흥겨워 학이 운다. 편지로 약속 맺은 낭자, 오늘 밤에 어서 가서 회포를 풀리로다. 임이 기다리시니 어서 가자."

괜한 소리나 붙이며 거들먹거리고 가는데, 방자가 그 모습을 보고 그냥 지날 수가 있나.

"나리, 생각이 왜 이리 없소. 밤중에 유부녀 몰래 만나러 가는 통에 비단옷 차려입고 가다가는 남 눈에 띄어 될 일도 못 될 것이니, 그 의관 다 벗으시오."

"그래도 벗으면 초라할 텐데."

● **삼경(三更)** 밤 열 시에서 새벽 한 시 사이.
● **철릭** 무관이 입던 공복의 하나. 허리에 주름이 잡히고 큰 소매가 달렸다.

"초라한 것이 걱정이시면 더 큰 창피당하기 전에 아예 가지 마십시다."

"알았다, 알았어, 그 요란히 좀 굴지 마라. 내 벗으마."

그렇다고 홀딱 다 벗고는,

"어떠하냐?"

"그것이 아주 좋기는 하오나, 누가 보면 한라산 매사냥꾼으로 알겠소. 제주 인물 복색으로나 차리시오."

"제주 인물 복색은 어떤 것이냐?"

"개가죽 두루마기에 노끈 벙거지를 쓰지요."

"그것은 너무 초라하지 않느냐?"

"초라하거든 그만두시라니까요."

"아니, 말이 그러하단 말이다. 개가죽이 아니라 도야지 가죽이라도 내 입으마."

하더니 개가죽 두루마기에 노끈 벙거지를 쓰고 나서서 앞뒤를 살펴본다.

"범이 보면 개로 알겠다. 병기고에서 총 하나만 내어 들고 가자."

"그리 겁이 나시거든 가지 마십시다."

"어허! 말이 그러하다니까. 네 성미가 어찌 그리 팍팍하냐. 네 말대로 복색까지 다 차렸는데 못 갈 일이 무엇이냐. 그저 어서 가자."

"그러면 다른 말씀 마시고 소인만 따라오시오."

배 비장이 방자 뒤를 따라가니 마음이 어서 가자고 요동치는 통에 어깨가 절로 움찔움찔하고 입조차 가만히 붙어 있지를 못한다.

"꿈에 그리던 미인이 나를 기다리네. 어서 가 반겨 보자. 어서 가자, 어서 가."

이러저러해서 벽헌당 앞에 이르니 이미 밤은 깊어 코앞을 분간할 수 없는데 북창에 밝게 등불 하나만 켜 있는지라. 맞게 찾아온 줄을 알고, 높은 담 아래에 구멍을 겨우 찾아 방자가 먼저 기어 들어간다.

"쉬이, 나리. 잘못하다가는 경을 칠 것이니, 두 발을 한데 모아 요령 있게 들이미시오."

배 비장이 방자 말을 듣고 두 발을 모아 구멍에 들이미니 방자가 안에서 배 비장의 두 발목을 모아 쥐고 힘껏 잡아당긴다. 몸매나 호리호리하고 허리통이나 가는 사람 같으면, 발목 아니라 엉덩이를 잡아 뽑더라도 나오겠는데, 원래 배 비장은 살이 매우 찐 데다 배 또한 다른 사람보다 유난히 불러서, 그 배가 딱 걸려서 들어가지도 나오지도 아니하는지라.

배 비장이 배꼽 위로는 벽 밖에 두고 그 아래로는 벽 안에 둔 채로 누워서 두 눈을 희번덕거리고 이를 갈면서 "나 좀 빼내어라."라고 할 것을 죽어도 양반이라고 문자(文字)를 쓰는 것이었다.

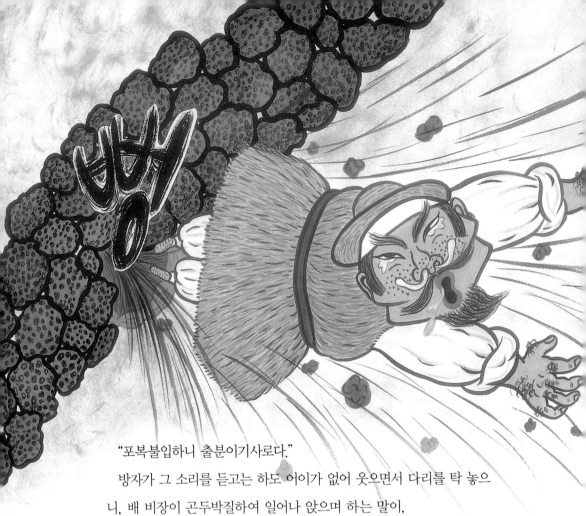

"포복불입하니 출분이기사로다."

방자가 그 소리를 듣고는 하도 어이가 없어 웃으면서 다리를 탁 놓으니, 배 비장이 곤두박질하여 일어나 앉으며 하는 말이,

"매사가 뜻대로 되지 않으니 큰 낭패로다. 산모의 해산법으로 말하더라도 아이를 머리부터 낳아야 순산이라 하느니라. 내 상투를 들이밀 것이니 잘 잡아당겨라."

방자가 배 비장 상투를 노끈 벙거지 쓴 채로 왈칵 잡아당기니, 상투가 빠질 지경이 되도록 아무리 애를 써도 나올 줄을 모르겠다. 배 비장이 나 죽는다 하고 넋을 놓을 찰나에, 원래 사람의 목숨은 하늘에 달린 것이라고 얼떨결에 '빵' 하고 낀 몸이 쑥 빠지니 배 비장이 체면에

아프다는 말도 못하고,

"어허, 아마도 내 등에는 고누판이 그려졌겠다."

하고는 그저 숨만 푹푹 쉬며 주저앉았다. 그 모습을 본 방자가 웃음
을 겨우 참으며 낮은 소리로 말하니,

"불 켜져 있는 저 방으로 들어가서 욕심대로 얼른 잠깐 하고 날 새
기 전에 나오시오."

배 비장이 한편으로는 좋기도 하고 한편으로는 조심도 되어, 가만
가만 기척 없이 들어가서 이리 기웃 저리 기웃, 문 앞에 가서 살금살
금 손가락에 침을 발라 문구멍을 배비작배비작 뚫고 한 눈으로 들여
다보니, 한밤중에 등불 아래 앉은 여인이 바로 배 비장 애를 태우던
그 미인이로구나.

● **포복불입**(飽腹不入)하니 **출분이기사**(出糞而幾死)로다 "배가 불러 들어갈 수 없으니, 똥을 싸고 거의 죽
  을 지경이다."라는 말을 유식한 체하느라 한문으로 바꾸어 말한 것이다.
● **고누판** 땅이나 종이 위에 말밭을 그려, 상대방의 말을 많이 따먹음으로써 승부를 다투는 놀이를 '고누'라
  고 하는데, 이때 그리는 말밭을 이르는 말.

등불이 밝다 한들 너를 보니 어두운 듯, 피는 복사꽃 곱다 한들 너를 보니 무색한 듯. 저 여인 거동 보소. 김해 간죽 담뱃대에 질 좋은 담배 담뿍 담아 청동화로 백탄 불에 사뿐 질러 빨아내니, 향기로운 담뱃내가 한 줄기 보랏빛 연기로 붉은 안개 피어나듯 한 점 두 점 풍기어서 방 안에 흩어진다. 배 비장이 그 연기를 손으로 움켜서 먹겠다고 덤비다가 생담뱃내가 콧구멍으로 들어가는 차에 재채기 한 번을 칵 하니 방 안의 여인이 화들짝 놀라는 체하며 문을 펄쩍 열어 붙이고 소리를 치는 것이었다.

"도적이야!"

배 비장이 엉겁결에 딴소리는 안 나오고 대뜸 한다는 말이,

"문안드리오."

저 여인이 흘금 보다가 하는 말이,

"허 참, 서투른 솜씨로 남의 흉내를 내려 하는구나. 아마도 뉘 집 미친개가 길을 잘못 들어왔나 보다."

"나, 개 아니오."

"그러면 무엇이냐?"

"배 걸덕쇠요."

여인이 이름을 듣고는 갑자기 얼굴을 바꾸더니,

"이 밤중에 기약하신 임이 오셨네."

● 간죽(竿竹) 담배통과 물부리 사이에 끼워 맞추는 가느다란 대.
● 백탄(白炭) 흰 숯. 빛깔이 흰 듯하고 화력이 매우 센 참 숯.

84

하며 배 비장 손목 잡고 방으로 들어가며 나긋나긋하게 말한다.

"나리, 그 옷차림이 무슨 옷차림이요? 나는 개인 줄로만 알았구려."

"남의 집 담을 넘는 사람이 이렇게 차리지 않고야 어디 되나. 이렇게 해야 사람 기척이라도 혹 나면 얼른 개 노릇이라도 하지."

"아이고 나리, 별 말씀을 다 하시네."

이와 같이 여러 가지 말을 주고받다가 이부자리를 펴고 불을 끄니,

두 남녀가 걸친 옷을 모두 활활 벗어 던지고 원앙금침 안에서 부둥켜 안으니 그 아니 좋을시고. 음악도 없는데 달빛 아래 네 다리가 춤을 추고 비단 이불 속으로 꽃향기가 물결친다.

한창 이리 노는데 갑자기 밖에서 호통치는 소리가 벼락 치는 듯하다.

"웬 놈이냐!"

이는 다름이 아니라 방자가 애랑이와 미리 짜고 목소리를 바꾸어 소리치는 것이었다.

"불 켜 놓고 문 열어라! 내당에 웬 잡놈이 들었느냐!"

여인은 놀라서 온몸을 떨며 허둥지둥하고, 방자는 밖에서 소리를 더욱 높인다.

"이 요망하고 간사한 년! 내 몸 하나 옴죽거리면 문 앞에 신발 네 짝이 떠날 날이 없으니, 어느 놈과 눈이 맞아서 방에까지 끌어들였느냐! 이 연놈들을 한주먹에 뼈를 바스러뜨려 죽이리라."

큰소리가 가까워 오니, 배 비장이 혼이 빠지도록 겁이 나서 몸이 절로 덜덜 떨리는데 문이 하나밖에 없는 방이라 도망갈 길이 전혀 없다. 이도 저도 못 하고 알몸으로 이불 쓰 고 여자더러 묻는데, 아직도 정신을 못 차리고 문자를 쓰는 것이었다.

"야장과반에 내호개문하니, 호령자는 수야오?"

"우리 집 남편이오."

"본남편 말이오? 성품이 어떠한고?"

"성질로 말하면 둘도 없는 악질이라오. 미련하기는 도척이요, 기운은 항우 같고, 술 즐기고 샘을 잘 내어, 자기 마음에 화만 나면 대낮에도 칼을 뽑아, 칼 쓰기를 홍문연 잔치 자리에 번쾌가 방패 쓰듯, 상산 조자룡 긴 창 쓰듯, 공중에서 칼을 휙 찌르면 맹호라도 가루가 되고 철벽이라도 뚫어지니, 그대 말고 옛날 장비의 몸 한가운데를 찔러 죽인 범강이나 장달이라도 살아 보기는 틀렸소. 불쌍한 그대 목숨 나로 인해 죽게 되니, 내가 죽고 그대 살릴 길이라도 있으면 좋으련만⋯⋯."

배 비장이 다 죽게 되니 호기라고는 온데간데없고 그저 여자 치맛자락을 붙잡고 애걸한다.

"옛날 진나라 궁녀는 형가의 큰 주먹에 소매를 잡혀 죽게 된 진시황을 거문고를 타서 살렸으니, 낭자도 좋은 수를 내어 제발 덕분으로 날

- **야장과반(夜將過半)에 내호개문(來呼開門)**하니, **호령자(號令者)는 수야(誰也)오?** "한밤중이 지났는데 와서 문을 열라 호령하는 자는 누구요?"라는 말이다.
- **도척(盜跖)** 중국 춘추 시대에 있었던 몹시 악한 사람의 이름.
- **항우(項羽)** 중국 진나라 말기의 무장. 유방과 협력하여 진나라를 멸망시켰다.
- **칼 쓰기를 홍문연 잔치 자리에 번쾌(樊噲)가 방패 쓰듯** 항우와 유방이 만난 홍문연에서 항우의 부하인 항장이 유방을 죽이려고 내리치는 칼을 번쾌가 방패로 막았다는 고사.
- **조자룡(趙子龍)** 중국 삼국 시대, 촉나라 상산(常山) 출신의 장수. 유비의 경호원으로 창술에 뛰어났다.
- **범강(范江)이나 장달(張達)** 중국 삼국 시대 촉나라 사람들로, 장비(張飛)의 수하에서 장수로 있었으나 둘이 함께 장비를 죽여 오나라에 항복했다.

살리게."

이 여인이 미리 흉계를 다 꾸며 놓았으니 방구석에 큰 자루 하나를 준비해 두었더라.

그 자루 아가리를 벌리고는 배 비장을 들라 한다.

"그러면 여기나 우선 들어가시오."

"거기는 왜 들어가라 하오?"

"이리 들어가면 살 도리가 있고 아니고서는 도저히 없으니, 어서 바삐 드시오."

배 비장이 절에 간 새색시 모양으로 싫다는 내색도 못하고 그저 시키는 대로 자루 속에 들어갔다. 그러고 나서 여인이 자루 끝을 모아서 상투에 감아 매 놓고는 등잔 뒤 방구석에 세워 놓고 불 켜 놓으니, 방자가 왈칵 문을 열고 성큼 들어서며 사면을 둘러보더니 미리 짜 놓은 대로 착착 호령한다.

"저 방구석에 세워 둔 것이 무엇이냐?"

"그것은 알아 무엇하려 그러오?"

"이년아, 서방이 물으면 대답을 할 것이지, 싫은 내색이 무엇이냐? 주리 방망이 맛을 보고 싶으냐?"

"내가 무슨 죄가 있다고 그러오? 그저 거문고에 새 줄을 달아 세워 둔 것이오."

방자가 화가 누그러진 체하고 목소리를 조금 낮추어 말한다.

"응, 거문고여? 그러면 좀 쳐 보세."

하며 거문고 치는 술대로 불룩한 자루를 탁 치니 배 비장이 몹시 놀

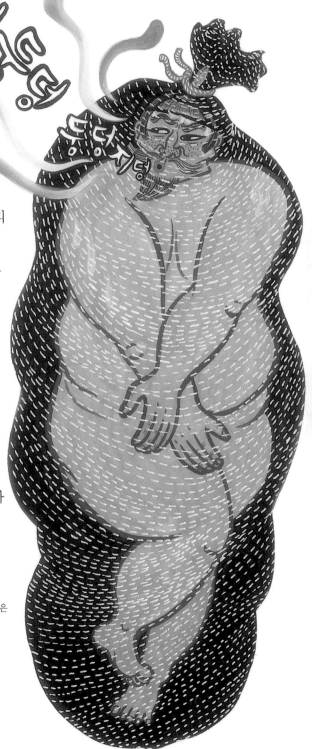

라고 아프기가 말벌에 쏘인 것
보다도 더한데, 목숨을 살리자
니 진짜 거문고인 체할 수밖에
없는지라 자루 속에서 목소리
로 그저 "둥덩, 둥덩." 했다.

"그 거문고 소리 제법 웅장
하고 좋다. 대현을 쳤으니 소
현을 또 쳐 보리라."

방자가 이번에는 냅다 코
를 탁 친다.

"둥덩, 지덩."

"그 거문고 소리 이상하다.
아래를 쳐도 위에서 소리가
나고 위를 쳐도 위에서 소리가
나니 괴상하다."

● 대현(大絃) 거문고의 셋째 줄 이름. 가장 굵은
줄이다.
● 소현(小弦) 거문고의 가는 줄.

옆에서 보고 섰던 여인이 남편을 말리는 척한다.

"여보, 무식한 말은 하지도 마오. 옛적 여와씨가 궁상각치우 음률을
내실 적에 아랫소리가 울리면 윗소리가 따라서 화답하게 하셨다오."

"네 말이 그럴듯하다. 세상일은 석 자 거문고요, 인생은 술 한잔이
라. 서편 정자에 달이 떠오르고, 동편 누각에는 마침 꽃이 늘어졌으
니, 술 한잔 해야겠다. 오늘 밤에 한번 놀아 보자. 내 소피하고 들어오
마. 거문고 줄이나 골라 놓아라."

배 비장이 자루 속에서 가만히 눈치를 보다가 남편 소리가 사라지기
에 가만히 여인을 불러 말한다.

"여보오, 저 사람이 거문고를 좋아하니 분명 꺼내어 볼 기세요. 나
를 다른 데로 좀 옮겨 주오."

여인이 자루를 풀어 주고는 옆에 놓인 피나무 궤짝을 열어젖힌다.

"여기나 바삐 드시오."

배 비장이 궤를 보고는 그새 한숨을 돌렸다고 또 문자를 쓴다.

"체대궤소하니, 하이은신고?"

"그 궤가 밖으로 보기는 작으나 속이 넓어 몸을 감추고도 남을 것이
오. 잔말 말고 나간 사람 돌아오기 전에 어서 바삐 드시오."

• **여와씨**(女媧氏) 음악을 만들었다는 전설상의 여인. 복희씨의 누이.
• **궁상각치우**(宮商角徵羽) 동양 음악에서 다섯 음의 각 이름.
• **소피**(所避) 오줌을 완곡하게 이르는 말.
• **체대궤소**(體大櫃小)하니, **하이은신**(何以隱身)고? "몸뚱이는 크고 궤짝은 작으니 어떻게 몸을 숨길 수 있
  는가?"라는 말이다.

이제는 궤 속에서 생으로 귀신이 되려나 보다

배 비장 어쩔 수 없이 두 눈 질끈 감고 궤 문 열고 들어가니, 그 안이 좁아 몸을 구부리지도 접지도 못하고 어중간하게 옹송그리고 생각하니 제 처지가 어찌나 한심한지, 흉계에 빠진 줄은 꿈에도 모르고서 '내가 음탕한 마음을 품은 죄로 궤 속에 든 귀신이 된다 한들 누구를 원망하리.' 하고 있는데, 밖에서 여인이 궤 문 닫고 별안간 자물쇠를 철컥 채운다. 배 비장이 그 속에서 '함정에 든 범이요, 우물에 든 고기라. 한심한 내 신세야.' 하며 무수히 탄식하고 있는데 방자가 다시 들어와 남편 목소리로 말을 한다.

"지금 내가 술잔 받고 있을 때가 아니다. 아까 눈이 절로 스르르 감기면서 꿈을 꾸었더니, 백발노인이 나타나 나를 불러 이르되 '네 집에 거문고와 피나무 궤가 있느냐?' 하시기에 '있노라.' 하니 그 노인이 '재앙을 내리는 귀신이 궤 속에 들어가 있어 무수히 일을 저지르니, 그 궤가 있으면 네 집이 망하고, 그 궤가 없어지면 네 집이 흥하리라.' 하는구나. 이 꿈이 생생하니 저 궤를 불에 태워 없애고 봐야겠다. 짚 한 동 갖다가 불을 놓아라."

궤 속에 든 배 비장이 그 말 듣고 놀라서 눈물이 찔끔 콧물이 찔끔하기에, '이제는 바로 화장한다니 이 일을 어찌하나?' 하고 있는데, 여인이 악을 쓰며 대드는 소리가 난다.

"이 궤가 조상 때부터 전해 내려온 기물이 아니오. 소중한 저 궤 속에 업귀신이 들어 있어 우리 집 여러 식구 먹고 입고 쓰고 남게 하는 보물인데, 불 놓는다는 말이 웬 말이오. 그리는 못하리라."

"뭐라? 네 행실 이러하니, 너 데리고 못 살겠다. 그리 귀한 궤짝이거든 내가 가지고서 어디서든 못 살쏘냐? 이년! 오랫동안 정든 본남편을 버리고 샛서방을 취했거든 남은 재산이나 다 차지하고 잘 살아라. 나는 궤짝이나 짊어지고 나갈란다."

방자가 궤를 짊어지고 나갈 기세를 하고, 여인이 궤를 붙잡고 늘어지니 이것이 모두 두 사람의 농간이라.

"이 궤를 임자가 가져가면 망하는 집안 꼴을 내가 다 보라 하오? 이 궤는 못 놓겠네. 재산 차지 임자가 하고 궤는 나를 주소."

"그리하면 양편이 가난하지 않게 이 궤 한가운데 먹줄을 쳐서 갈라 내어, 한 도막씩 가지면 그 아니 공평할까? 톱 대어라, 갈라 보자."
하고는 둘이서 큰 톱을 들여 마주 잡고 슬근슬근 당기기 시작한다.

"당기어라 톱질이야. 슬근슬근 당기어라. 행실이 부정한 몹쓸 년을 내 모르고 두었다가, 오늘에야 알았구나. 월하노인 맺은 인연 이 톱으로 갈라 보자. 이 궤를 갈라내어 윗도막은 너를 주고 아랫도막 내 가지면, 나는 작은 부자 되고 너는 큰 부자 되어 타고난 복대로 각기 살자. 이 톱 바삐 당기어라."

좌르르 쏼쏼 톱날이 점점 내려가니 배 비장이 궤 속에서 '아뿔싸! 벌써 톱밥이 떨어지는데, 허리 잘려 죽기가 시간문제로구나!' 하다가 엉겁결에 소리를 내고 본다.

"여보소, 그대들이 참으로 미련하오. 하룻밤을 자도 만리장성을 쌓는다는데, 내가 이 집에서 수백 년을 동거하여 오늘까지 입혀 주고 먹여 주어 가난하지 않게 해 주었더니, 그 대가로 허리를 자르려오? 원래 이 방에 있던 궤이니 그 계집에게나 모두 주오."

방자가 짐짓 놀라는 체하며 톱을 내던지고 말한다.

"아이쿠! 업귀신이 말을 하니 요망하다. 불침으로 찔러 보자."
하고 끝이 뾰족한 쇠꼬챙이를 불에 달군 뒤에 쑥 찌르니, 송진 끓는 냄새가 코를 찌르며 쇠꼬챙이 끝이 바로 배 비장의 왼편 눈 쪽으로 내려온다. 배 비장이 기가 막혀 '이제는 생으로 꼬챙이에 꿰어 죽으려나 보다. 죽으나 사나 악이나 한번 써 보리라.' 하고 아까보다 더 큰 소리

● **화장**(火葬) 시체를 불에 살라 장사 지내는 것.
● **업귀신**(業鬼神) 집안을 먹여 살리는 소중한 귀신.
● **샛서방** 남편 있는 여자가 남편 몰래 관계하는 남자.
● **월하노인**(月下老人) 남녀의 인연을 맺어 주는 사람. 주머니의 붉은 끈으로 남녀의 인연을 맺어 준다.

로 말한다.

"이놈아, 아무리 무식하기로 은인의 눈망울을 빼려 하느냐?"

"에그, 업귀신이 저 상할 줄 미리 알고 이리저리 애걸하니 그 처지가 불쌍하다. 제 몸 상하지 않게 궤째로 져다가 물에 넣으리라."

방자가 질빵 걸어 궤를 지고 문을 열어 썩 나서서 노래하니 상여 소리를 이리하는 것이었다.

워 너머차 너호 어화,
먼 산에 안개 돌고 가까운 마을에 닭이 운다.
워 너머차 너호,
골짜기에 젖은 안개 봉우리로 돌아온다.
워 너머차 너호,
어촌에 개가 짖고 회안봉에 구름 떴다.
동방을 바라보니 샛별 한 점 반짝여 새벽 되고,
푸른 바다 십 리에 그늘진다.
하늘에 높이 솟은 붉고 둥근 해는 동쪽 바다에 둥실 높이 떴다.
워 너머차 너호 어화,
이 궤를 져다 저 물에 들이칠까?

이처럼 소리하며 지고 가는데, 어디서 한 사람씩 썩 나와 묻는다.

"댁이 진 것이 무엇이오?"

"우리 집 업궤로세."

"마침 잘 되었소. 그 궤를 내게 파소."

"사다 무엇하시려오?"

"업귀신 자지가 오랜 고질병에 약이라 하니, 사다가 자지만 빼고 놓겠습네."

배 비장이 궤 속에서 이 말 듣고 그나마도 좋다고 혼자 생각하되 '밑천은 없어도 목숨만 살았으면 되지.' 하고 소리 질러 하는 말이,

"여보, 그 뉘신지는 모르거니와 그 흥정 놓치지 마시오. 사례는 내 하오리다."

그러나 방자가 다 제 속셈이 있는지라 팔지 않고 그냥 간다.

"그 댁 사정이 그러한 줄은 알겠으나, 이 궤는 내가 분풀이를 해야 할 일이 있으니 팔지는 못하겠소."

하고는 가던 길을 재촉하여 궤를 지고 가더니, 사또 계신 동헌 마당에다 벗어 놓으며 마치 물에다 갖다 던지는 듯이 시늉을 하고는 목소리를 잔뜩 깔고 엄하게 말했다.

"궤 속에 든 귀신은 들어라. 네가 실로 업귀신이면 내 집이 부자 되고 오복이 다 갖추어져서 부러울 것이 없어야 할 터인데, 근 십 년 가난하고 구차한 생활에 즐거움이라고는 조금도 없고, 이에 더해서 애첩의 부정한 행실이 날마다 더하니, 엎친 데 덮친 격으로 부부가 갈라서기까지 하게 되었다. 네 죄는 불에 태우고 톱으로 썰어도 시원치 않을 터이나, 내가 본디 인정 있는 사람이라 그리하지는 않겠고, 이 푸른

● **질빵** 짐을 걸어서 메는 데 쓰는 줄.

바다에 풍덩 띄우리니 속히 천 리 밖으로 썩 꺼져라."

이제 진짜 바다에 던진 듯이 물을 갖다 옆에 놓고 궤 틈으로 줄줄 부으면서 궤짝을 이리 흔들 저리 흔들 정신 잃게 요동한다.

배 비장이 그 속에서 꼼짝없이 '궤가 벌써 물에 떴구나. 물이 들면 가라앉으리니, 인제 나는 송장도 못 찾겠구나.' 하면서 눈물 콧물을 있는 대로 다 짜낸다.

"못 보겠다. 못 보겠다. 천 리 밖의 백발 부모, 홍안 처자를 못 보겠다. 이 물속에 죽는다 한들 멱라수 아닌데 굴원(屈原)의 절개가 어찌 되며, 오강수 아닌데 오자서의 충절이 어찌 될까? 남모르게 여자를 밝히다 망신당하고 죽게 되니, 내 아니 잡놈인가? 이런 때 배나 지나가거들랑 목숨이나 살아 보지. 아이고아이고, 나 죽네."

배 비장이 이렇게 탄식을 하고 있으니 밖에서는 사또가 동헌 마루에 앉아 그 소리를 다 듣고는 좌우를 불러 조용히 명을 내리는 것이었다.

"너희들이 한꺼번에 배 지나가는 듯한 소리를 내어라."

하인들이 명령을 듣고 일시에 이 문 저 문을 한 짝씩 잡고는 열었다 닫았다 삐득삐득하고 곤장을 뚝딱거리면서 어기여차 소리하니, 배 비장이 궤 속에서 그 소리를 반겨 듣고 제발 한번 살아 보자 생각하고 이렇게 빌어 본다.

"삐득삐득하는 소리 닻 감는 소리요, 출렁출렁하는 소리는 노 젓는

* **멱라수(汨羅水)** 중국 호남성에 있는 강으로 초(楚)나라 굴원이 모함을 받아 귀양 왔다가 빠져 죽은 곳.
* **오강수(吳江水)** 중국 오나라 충신 오자서가 오왕 부차(夫差)의 노여움을 사서 죽임을 당한 강.

소리로다. 높은 벼슬 다 버리고 고향 찾아가는 장한의 배인가? 날 살리소. 오백 명 어린아이 싣고 불로초 찾아가는 서불의 배인가? 날 살리소. 고래 탄 이태백 소식 듣고 풍월 실어 가는 저 배 초강의 어부냐? 날 살리소. 가을 적벽당에 돛배 타고 소동파 너 왔느냐? 날 살리소. 한 척의 작은 배야, 부디 나를 살리소. 육지를 멀리 떠나 외롭게 가는 저 배야, 이 궤를 건져서 이 한목숨 살리소."

하고는 궤 속에서 있는 대로 소리를 질러 사람을 부른다.

"저기 가는 저 배, 말 좀 들으시오."

곁에 서 있던 사령 한 놈이 사공인 체하고 썩 나서 대답한다.

"무슨 말이요?"

"거기 가는 배가 어디 배랍나?"

"제주 배랍네."

"무엇 실었습나?"

"미역, 전복, 해삼을 실었습네."

"가지 말고 내 말 듣게."

"어허, 무슨 말인가?"

"부디 이 궤를 실어다가 죽을 사람 살려 주오."

"한없이 넓은 바다 가운데 궤 속에서 말소리가 나니 괴이하다. 우리 배에 부정 탈라. 장대로 저리 떠밀쳐 버려야겠다."

"내가 귀신이 아니라 진정 산 사람이오. 제발 좀 살려 주오."

"사람이거든 어디 사는 아무갠지를 밝혀라."

"예, 예. 나는 제주에 잠시 살던 한양 사람 배 걸덕쇠요."

"제주라 하는 곳이 여색이 뛰어난 곳이라. 분명 유부녀와 간통하다가 저 지경이 되었으렷다."

"예, 예. 옳소. 뉘신지 모르오나 참 잘 아십니다. 잘못은 잘못이려니와 이렇게 지나가는 배를 만나니 하늘이 도우셨소. 부디 덕 쌓는다 생각하시고 나를 살려만 주시오."

"원래 바다 건너는 배는 함부로 근본 모르는 것을 싣는 법이 아니오. 우리 배에는 부정 탈까 못 올리겠고, 궤 문이나 열어 줄 것이니 헤엄쳐서나 건너가시오."

"아, 정 그러시면 그리라도 해 주시오. 내가 용산에서 마포를 왕래할 때 개헤엄 꽤나 쳤소."

"이 물은 짠 물이라 눈에 들어가면 눈이 멀 것이니 단단히 감고 헤엄치소."

"눈은 멀어도 관계없으니 목숨이나 살려 주오."

"눈멀고 나서 내 원망일랑은 마시오."

하더니 금거북 자물쇠를 툭 쳐서 열어 놓았다. 배 비장이 알몸으로 펄쩍 나서더니 그래도 봉사 될까 걱정은 되어 두 눈이 찌부러지도록 질끈 감고 이를 악물고 왈칵 냅다 땅을 짚으면서 두 손으로 허우적허우적 헤엄쳐 가는데 어찌나 놀라 혼이 빠졌는지 맨땅인 줄도 모르는구나. 이 모양을 옆에서 보고는 사령들이 허튼 길을 알려 준다.

• 장한(張翰) 중국 오나라 사람으로, 세상에 난리가 날 듯하자 '인생은 만족함이 제일인데 고향의 순채와 농어회 맛을 두고 왜 객지에서 벼슬을 구하겠는가?' 하며 고향으로 돌아갔다고 한다.

"이리 헤엄쳐라."

"그쪽이 아니지. 저리로 가라."

한참 이 모양으로 헤엄쳐 가다 동헌 댓돌에다 대가리를 딱 부딪치니, 배 비장이 눈에 불이 번쩍 나서 두 눈을 딱 떴다.

그러고 보니 동헌에 사또가 높이 앉아 있고 대청에는 육방 비장들이 늘어섰고, 마당에는 전후좌우로 기생들과 사령들이 둘러서서는 이 무리가 일시에 두 손으로 입을 쥐어 틀어막고 웃음을 참느라 제각기 무진 애를 쓰고 있으니, 그중에 사또가 웃으면서 말한다.

"자네 이것이 웬일인고?"

배 비장이 어이가 없고 눈앞이 캄캄하여 고개를 푹 숙이고 꿇어앉아 말하니,

"소인 조상의 무덤이 동소문(東小門) 밖이옵더니, 근래 서남풍이 불어 이 지경이 되었나이다."

◦ **소인~ 되었나이다** 조상의 무덤 반대 방향에서 바람이 불어 온다는 말로, 주로 망신살이 뻗쳤을 때 쓰던 말.

서울로 가는 배를 어디서 찾나

사또 허허 웃고는 옷을 내어 입힌 후에,

"이 일을 마음에 두지 말고, 애랑을 첩으로 들여 여기 있는 동안 잘 지내소."

여러 동료도 저마다 위로했더라.

대개 여자를 탐내는 데는 영웅도 선비도 소용없는 것이다. 구대정남 이라 자칭하고 남 노는 것을 비웃으며 빈방에 홀로 앉아 고고한 체 자 랑하던 배 비장이 이 지경을 당하고 나니, 제주 바닥에 순식간에 소문 이 퍼져 남녀노소는 물론, 지나가는 개도 모두 이를 보고 들었다. 사 정이 그러한데 어찌 얼굴을 들며, 어찌 잠시인들 머무를 수 있으리오?

배 비장 즉시 사또께 하직하고 여러 동료와 작별한 후에 한양으로 돌아가는 거동, 부끄럽기 짝이 없고 초조하기 그지없다. 엊그제 화려

했던 비장 복색 비단 군복은 오늘날 뚝 떨어져 해진 도포와 찌그러진 갓으로 변하고, 은장식 안장을 갖춘 백마가 졸지에 떨어진 짚신에 대지팡이로 변했으니 참으로 처량하다.

이 모양으로 터덜터덜 나아가 부두에 다다르니 사공은 어디 가고 빈 배만 매여 있는데, 사면을 둘러보니 인적 없는 쓸쓸한 바닷가에 짝 잃은 갈매기 한 마리만 정처 없이 가는구나.

'내가 이 꼴이 되어 오늘 제주도를 하직하니, 한라산 좋은 풍경 다시 볼 기약이 없구나. 한시 바삐 제주 땅을 나가야 할 터인데 에그, 이 노릇을 어찌할꼬? 내 행색이 초라하니 어느 누가 건너게 해 주며, 인적이 끊겼으니 어디 가서 물어보리?'

배 비장이 그 지경을 아니 당하고 정직하게 있다가 임기를 채우고 가거나, 그렇지 않으면 급한 일이 있어 고향에 가는 것 같았으면 길 떠나는 행장도 융숭하고 걸음도 늠름하여 사공도 단속하고 시중드는 하인도 정할뿐더러, 여러 동료 육방 관속이 부두까지 나와 작별이 대단하련마는 한 번 실수에 부끄러움을 못 이겨 홀로 떠나고 보니, 작별은 고사하고 길바닥에 개새끼인들 어찌 볼 수 있으리오?

물가를 오락가락하며 배를 찾을 적에 별안간 물속에서 거무스름한 물건 하나가 털벙털벙 나온다. 배 비장 깜짝 놀라 생각하니, '에구머니, 저것이 무엇이냐? 짐승도 아니요. 고기도 아니요. 아마 물귀신이 날 잡으러 나오나 보다.' 싶어 도망부터 가고 보자 하다가 또 가만히 다시 생각하니, '내가 이 모양이 되어 살아서 무엇하리? 차라리 저 귀신에게 잡혀 죽는 것이 옳다.' 하고 이를 바싹 갈며 정신을 차려 자세히 보니, 그것은 귀신이 아니요, 물속에 들어가 전복을 따 가지고 나오는 해녀로구나.

머리는 가시가 돋친 듯 수세미 엉클어진 듯 소복하고, 온몸은 새까맣게 물때가 올라 숯검정과 한가지인데, 발가벗은 몸에 헝겊 한 폭만 말 재갈 물듯 잔뜩 차고 나오는 모양은 처음 보는 사람이라면 뉘라 할 것 없이 기겁 질색을 하겠더라. 그래도 배 비장은 떠나는 배가 어디 있나 물어보아야 하니 무서움을 억지로 참고 말을 건넸다.

"여보게 이 사람, 말 좀 물어보세."

그 계집이 소리를 듣고 배 비장을 한참 물끄러미 보더니 대답도 아니 하고 고개를 휙 돌린다. 배 비장이 제주로 와서는 가는 데마다 봉변을 당하니 야속한 마음이 들어 목소리를 높이고 책망하여 다시 묻는다.

"이 사람아, 양반이 말을 묻는데 어찌하여 대답이 없는가?"

"무슨 말이랍나? 양반? 양반은 무슨 양반이야? 품행이 단정해야 양반이지. 양반이면 남녀유별, 예의염치도 모르고, 남의 여인네 발가벗고 일하는 데 와서 말이 무슨 말이야? 싸라기밥 먹고 병풍 뒤에서 낮잠 자다 왔습나? 초면에 반말이 무슨 반말이요? 참 듣기 싫군. 어서 저리 가소. 조금 있다가 우리 집 남정네가 물속에서 전복 따 가지고 나오면 큰 탈이 날 것이니, 어서 바삐 가시라구. 요사이 기세등등하던

• **싸라기밥** 싸라기, 즉 부스러기 쌀로 지은 밥. 함부로 반말하는 사람에게 핀잔을 줄 때 싸라기밥을 먹었냐고 한다.

배 비장도 궤 속에서 귀신이 될 뻔했다던 일을 못 들었습나."

배 비장이 촌구석에서 물질하는 아낙이라 허투루 보고 하대를 하다가 제대로 야단을 맞고 보니 그 꼴이 또 우습게 되었을뿐더러 부끄러운 마음이 앞서서 혼잣말로 한탄을 한다.

"허허, 내가 올해 신수가 불길하다. 우리 부모 만류할 제 오지나 말았더라면 좋았을 것을. 고집을 세우고 왔다가 온 고을에 유명한 웃음거리가 되고 또 가는 곳마다 망신을 당하니, 바다 가운데 섬이라는 여기가 참 사람 살 곳이 못 되는구나."

배 비장이 다른 때 같았으면 분한 마음에 그 계집과 말싸움이라도 한바탕하겠건마는, 해는 점점 서산에 걸리고 길 물을 데가 하나도 없어 태도를 바꾸고 말을 조금 올려 다시 수작을 건다.

"여보시오, 내가 참 실수를 대단히 했소. 이곳 풍속도 모르고."

"실수라 할 것이 뭬 있습니까? 말이 그렇다 하는 말씀이지요. 그런데 댁은 어디로 가는 양반이시랍니까?"

"예, 나는 지금 급한 일이 있어 서울에 갈 터인데, 어느 배가 서울로

가는지 그것을 좀 묻고자 하오."

"서울 양반이시면 무슨 일로 여기를 오셨으며, 또 성함은 뭐요?"

"성명은 차차 아시겠소마는 내가 이곳에 볼 일이 있어서 왔다가 부모님의 병환 기별을 듣고 급히 가는 길인데, 가는 배가 없어 이처럼 애가 타오."

"그러하면 도리가 없소. 서울로 가는 배는 어제 저녁에 다 떠나고, 이제는 다시 사오 일 기다려야 있겠습니다."

"어허, 그러하면 이 노릇을 어찌해야 좋소?"

"참 딱한 일이올시다."

하더니 금방 무엇이 생각났는지 무릎을 탁 치고 말했다.

"옳지, 가는 배가 하나 있습니다. 그런데 그 배가 행인을 태울지는 잘 모르겠소. 저기 저편 언덕 밑에 장막 치고 조그마한 돛대를 세운 배에 가서 물어보시오. 제주 성내에 사는 부인 한 분이 친정이 해남인데, 급한 일이 있어 비싼 값을 주고 혼자 타려고 빌린 배로 저녁 무렵에 떠난다더니 이제 떠나는지는 알 수 없습니다."

배 비장 그 말 듣고 좋다고 허겁지겁 그 배로 뛰어가 사공을 찾는다.

"어, 이 배의 사공이 누구여?"

사공이 느닷없는 반말에 비위가 틀리는데, 배 비장은 조금 전에 그리 당하고도 또 눈치를 못 채고 자꾸 반말로 묻는다.

"어, 사공은 왜 찾어?"

"말 좀 물어보면."

"무슨 말?"

"그 배가 어디로 가는 배여?"

"물로 가는 배여."

원래 배 비장이 사공더러 높여 대우하기는 양반 체면이 초라하고, 그렇다고 거드름 빼며 '해라, 하게.' 하자니 조금 전에 당한 것이 눈치가 보여 어중간하게 말을 내놓았다가, 사공의 대답 소리가 자꾸 껄끄러워지는 것을 보고는 한숨을 휘 쉬며, '허, 내가 정신 못 차리고 또 실수를 했구나.' 생각하고는 어법을 고쳐 입맛에 쩍 들러붙게 한다.

"여보시오, 노형이 이 배 임자시오?"

사공이 갑자기 목낭청의 혼이라도 씌었는지 그제서야 시원하게 대답을 하는구나.

"그렇습니다. 내가 이 배 임자올시다."

"들으니까, 노형 배가 오늘 떠나 해남으로 간다지요?"

"예, 오늘 저녁 물에 떠납니다."

"그러면 내가 서울 사는데 지금 가는 길이니 좀 타고 가옵시다."

"좋은 말씀이올시다마는, 이 배는 손님 태우는 배가 아니옵고, 해남으로 가시는 부인 한 분이 배를 전세 내어 가시는 터인즉, 사공이 마음대로 다른 손님을 태울 수가 없습니다."

"사정은 그러하겠소마는 내가 부모님 위독하다는 급보를 듣고 서둘러 가는 길인데, 지금 달리 가는 배가 없고 이 배가 간다 하니, 아무리 부인이 타신 터라도 이러한 처지를 말씀하시고, 배 한구석에 조용히 끼어 가게 해 주시면 그 아니 좋은 일이오?"

"댁네 사정이 참 딱하오. 그러면 해가 진 후에 다시 오시면, 부인 모르시게 슬며시 타고 가게 하오리다."

배 비장이 우여곡절 끝에 배를 구하니 이제 겨우 숨통이 트이는 듯하다. 물가를 오가며 할 일 없이 배 시간만 기다리다가 바다를 바라보니 온갖 생각이 다 나는구나.

● **목낭청(睦郎廳)** 자기 주견이 없이 이래도 응, 저래도 응, 하는 사람을 조롱해 이르는 말.

'망망한 바다에 물결은 거울 같고, 동편에 뜨는 달은 만경창파에 금
모래를 뿌리는데, 부모처자 이별하고 천 리 밖에 있는 섬에 내려와서,
낮은 관직이나마 명예를 얻지 못하고 망신살이 뻗쳐 앞길까지 망쳐 놓
은 일, 생각할수록 애통하고 말할수록 분이 나서, 살아서 무엇하며
무슨 면목으로 돌아가서 부모처자 상대할꼬?'

　이처럼 배 한구석에 엎드려서 숨도 크게 못 쉬고 가는 사람은, 기생
오입 잘못하다가 예방 소임 스스로 물리고 한양으로 돌아가는 배 비
장이요. 잔잔한 등불은 바람결에 흔들리고 휘영청 밝은 달빛은 선창
에 비추는데, 원앙 병풍 둘러치고 쌍학 베개에 의지하여 홀로 오똑하
니 앉아 있는 꽃 같은 미인은, 배 비장을 속였던 제주 기생 애랑이라.
이때 애랑은 망신을 당하고 돌아가는 배 비장을 만류하기 위해 이 모
양으로 배 안에 먼저 나와 기다리는 판이었다.

사람 잡는 신고식, 이대로 좋은가?

한 사회 집단에 새로운 일원이 들어오면 신고식을 치릅니다. 배 비장이 애랑에게 속아 수모를 당한 것도 혼자서 고상한 척하려던 신참이 신고식을 제대로 치른 것이라고 할 수 있겠지요. 신고식은 동서고금을 막론하고 행해지는 인류의 문화라고 할 수 있습니다. 하지만 때로는 의미가 왜곡되어 사회 문제로 부각되기도 하지요. 조선 시대에는 신고식의 부작용이 커서 국왕이 직접 나서 폐지를 명하기도 했습니다. 조선 시대 신고식인 '신참례'에 대해 밀착 취재를 해 보았습니다.

네, 여기는 사헌부 앞마당. 올해 새로 들어온 신참 관리들이 신참례를 치르고 있는 현장입니다. 참으로 보기 민망한 광경이 눈앞에 펼쳐지고 있습니다. 신참 관리로 보이는 한 젊은이가 관복을 입은 채로 연못에 들어가 사모를 벗어서 연못 물을 퍼내고 있습니다. 고참 관리들은 연못 밖에서 이리저리 시시를 하며 웃고 있습니다. 가까이 다가가 자세한 사정을 알아보도록 하겠습니다.

좀 심하게 보일지는 몰라도, 이런 과정을 거치면서 선후배가 서로 얼굴을 익혀 가까워지고, 후배들도 좀 더 빨리 우리의 문화에 적응하게 되지요. 신참례는 일종의 통과 의례라고 생각합니다. 신참자가 새로운 집단에 들어오기 위해서는 이전의 자기 모습을 바꾸어 새로운 집단에 맞게 탈바꿈해야 합니다. 시련을 겪으면서 새로운 구성원으로 거듭나는 것이라고 생각합니다.

실례합니다만, 지금 무엇을 하고 있는 것인가요?

아, 이것은 '물고기 잡기 놀이'라는 것인데, 사헌부의 오랜 관습으로 내려오는 신참례 행사 중의 하나지요.

귀한 관복을 다 더럽히는데 꼭 저렇게까지 해야 하는 것인가요?

'신참례'는 과거가 공정하게 치러지지 못했던 고려 말년에 귀한 집 자제들이 실력 없이 집안의 배경만으로 등용되자, 이들의 버릇을 고쳐 주고 기강을 바로잡고자 행해지던 것입니다. 나라의 관직은 누구나 쉽게 함부로 오를 수 없는 자리이니, 그만큼 스스로를 낮추라는 의미도 담겨 있었지요.

과거 급제한 사람의 얼굴에 그림을 그리고 세 번 앞으로 나오고 세 번 뒤로 물러가게 하던 예, 〈신은신례〉, 김준근.

사헌부 신참례가 엄하다는 이야기는 들었지만 이 정도일 줄은 몰랐습니다. 한번은 '거미 잡기 놀이'라며 부엌 벽의 검댕을 손에 묻히고 그 손 씻은 물을 마시게 했는데, 마시는 순간 다 토하고 말았습니다. 흙탕물에 뒹굴고 광대짓도 해야 했고, 선배들이 술과 음식을 지나치게 많이 요구하여 소를 잡고 집을 판 동료도 있습니다. 이런 지나친 신고식을 꼭 치러야 하는 것인지 정말 모르겠습니다.

신참례가 신참 관리들에게 육체적인 괴로움 이상의 고통을 안겨 주고 있군요. 본래의 의미를 잃고 선배가 후배를 괴롭히는 자리로 변질되고 만 모습이 안타깝습니다. 관행처럼 흥미 위주로 치를 것이 아니라 그 본래의 의미를 되새겨 볼 필요가 있겠습니다.
이상 사헌부 앞마당에서 전해 드렸습니다.

배 비장 나리 원님 되셨다고 여쭈시오

배 비장은 이미 계집이라면 화살에 놀란 새처럼 꺼리지만 일이 어쩔수 없어 남의 부인이 탄 배를 얻어 탔으나, 까딱하다가는 또 무슨 재앙을 당할까 매우 조심하여 매에 쫓긴 까투리가 작은 소나무 밑에 숨듯, 배 한구석에 옹크리고 숨도 크게 못 쉬고 남이 알까 겁이 나서 앉았을 때, 배는 벌써 부두를 떠나 화살같이 나아간다.

배가 한참 가고 있는데 별안간 배 장막 안에서 사공을 부르는 소리가 나더니, 한 부인이 노기등등하여 사공을 꾸짖는다.

"배에서 듣지 못하던 남자의 기침 소리가 나니, 웬 사람을 내 말 없이 올렸느냐? 내가 이 배를 비싼 삯을 주고 전세 낸 것은 외간 남자를 들이지 않고 조용히 가자고 한 일인데, 어찌하여 모르는 남자를 태웠느냐? 지금 당장 내리게 해야지 그렇지 않으면 뱃삯을 못 받으리라."

"황송하옵니다마는 그 사람이 한양 사람으로 이곳에 왔다가 부모님 병환 소식을 듣고 급히 가는 길이온데, 마침 가는 배가 없다고 애걸하기로 사정이 불쌍하여 한편 구석에 조용히 태웠나이다. 벌써 반이나 왔사오니 용서해 주옵소서."

"그러하면 뱃삯의 반은 그 사람에게 받아라."

배 비장이 가뜩 마음이 조마조마하던 차에 그 소리를 듣고 보니, '이제 겨우 살았는가 했는데, 이 무슨 날벼락이 또 치는고. 돈이 있어야 뱃삯을 주고 살아나지. 이런 팔자가 또 어디 있나?' 하며 한탄하고 엎드려 있던 차에 어언간 배가 뭍에 닿는가 싶더니, 부인의 행차가 배를 내려가자 사공들이 배 비장을 붙잡고 뱃삯을 달라 구박한다.

"이 양반아, 뱃삯 어서 내고 가시오. 댁으로 인하여 천 리 바다를 건너고도 뱃삯을 못 받으니 이런 억울할 데가 어디 있소?"

"할 말씀은 없지마는 내가 객지에서 돈이 있어야 드리지요."

"이 양반아, 그러하면 기침이나 말고 엎드려 있지 무슨 호강한다고 기침을 그리 야단스레 했단 말이요?"

"여보시오. 누가 호강한다고 기침을 하옵디까? 나오는 기침을 어찌하오?"

"이 양반, 다 듣기 싫소. 이리 오소."

하더니 한 놈이 우악스레 손을 끌고 어느 집으로 데려가더니 으슥한 방에다가 몰아넣고 하는 말이,

"댁 집에 기별을 하든지 달리 돈을 변통하든지, 뱃삯을 내고야 가리이다."

하고 문을 밖에서 덜컥 잠그고 가니, 이때 날은 벌써 저물어 방 안이 캄캄하나 어느 누가 불이나 켜 주며 밥이나 갖다 주리오?

배 비장이 종일 굶은 속에 더욱 기가 막혀, '에그, 이제는 굶어서 죽는구나. 내가 천 리 밖 먼 곳에 와서 갖가지 고생을 죽도록 하는구나.' 하며 탄식할 제, 밤이 어느덧 깊어 달이 밝은데 홀연 문밖에서 인기척이 나더니 잠긴 문이 덜컥 열리는 것이었다. 열린 문으로 어떤 미인이 한 손에 등불을 들고 선녀 같은 걸음으로 아장아장 나지막하게 옮겨 들어오며 배 비장 앞에 사뿐히 앉더니,

"아이고 나리, 이게 웬일이오? 어서 어서 일어나 안으로 가옵시다."

배 비장이 드디어 귀신이 나타나 저를 잡아가는가 하고 겁을 집어먹고 덜덜 떨며,

"에그, 나는 아무 죄도 없소. 살려 주시오!"

"여보, 나리. 진정 소첩을 몰라보신단 말씀이오?"

"누구신지 나는 모르오."

그 미인이 배 비장의 손목을 담뿍 잡더니,

"에그, 나리. 눈이 이리도 어두우시단 말씀이요? 애첩 애랑을 몰라보십니까?"

배 비장이 '애랑'이란 말을 듣고 깜짝 놀라 다시 보니, 분명히 그 애랑이라. 한편으로 반갑고 또 한편으로는 괘씸하여 안색을 고치고 화를 내며 꾸짖겠다.

"네가 애랑이면 어찌하여 이곳에 왔으며, 또 무슨 욕을 보이려고 와서 나를 보느냐? 이 괘씸하고 요망한 년!"

애랑이 간드러지는 소리로 깔깔깔 웃는다.

"나리께 사과는 차차 하려니와, 이 집이 첩의 집이오니 어서 안으로 들어가옵시다. 오죽이나 시장하시겠습니까?"

배 비장의 허리를 양팔로 가득 안아 일으키며,

"나리, 나리. 어서 일어나요. 이년이 지은 죄, 분풀이는 차차 하시고, 어서 어서 일어나세요."

배 비장이 분한 마음이야 기가 막히지마는 미인이 그리 아양을 부리자 마음이 금세 누그러진다. 그래도 그런 내색을 하면 그 꼴이 또 실없으니 겉으로는 화를 안 풀듯이 깍지 낀 애랑의 손을 덥석 잡아 뿌리친다.

"놓아라! 이 손 냉큼 놓아라!"

말은 그리하면서도 못 이기는 체 안방으로 끌려 들어가니, 그 형상을 그림으로 그려 내어 연극으로 꾸몄으면 구경꾼들이 못 되어도 수천 명은 되겠더라.

배 비장 자리를 정한 후에 애랑이 주안상을 차려 놓고 옥 호리병에 맛 좋은 술을 따라 한편으로 권하며 한편으로 사죄한다.

"나리, 오죽 시장하시겠소? 어서 약주나 잡수시고 고생하던 이야기나 하십시다. 소녀도 잘못하온 말씀을 자세히 여쭈오리다."

사람들이 하는 말에 '임 보고 술 보니 아니 취하지 못하리라.' 하더니, 배 비장이 술 석 잔 마시고 취흥이 도도하여 그전에 분하고 괘씸하던 생각이 봄눈같이 녹는지라. 다시 애랑의 섬섬옥수를 잡고 웃으면서 꾸짖는다.

"이 못된 사람아, 사람을 속인다 해도 어찌 그리 모질게 속인단 말인가?"

"소첩이 그때는 제주 목사에게 매인 몸이었으니, 사또께서 시키시는 일을 어찌 거행하지 않사오리까?"

"그는 그렇다 하나, 네 집이 본래 해남이냐?"

"이곳은 해남이 아니오라. 제주 성 밖이올시다."

"그러면 내가 해남으로 가는 배를 탔는데, 그 배에 같이 온 부인은 누구이며, 또 이곳이 해남이 아니라 하니 어이 된 일인고?"

애랑이 또 깔깔 웃으며,

"나리, 내 말씀 들으시오. 그때 나리께서 그리하고 떠나신 뒤, 소첩의 마음이 얼마나 서운했던지요. 그 지경 되어 멈추시라고 손목 잡고 만류하면 나리께서 듣지 않으실 듯하여, 이와 같이 배를 타고 일을 꾸며 나리를 만류하는 길이올시다."

이처럼 전후 자초지종을 자세히 말하니, 배 비장이 취중에 껄껄 웃는다.

"내가 지금까지 네 미인계(美人計) 속에서 노는구나. 허허, 내가 장부는 아니로다."

이날부터 배 비장이 다시 애랑에게 푹 빠져서 세월 가는 줄 모르는 사이에 한 달이 지났는지라. 하루는 배 비장이 애랑에게 하는 말이,

"얘, 애랑아, 내가 그때 사또께 올라간다고 하직하고 지금껏 이곳에 있어 이 모양으로 지내고, 너도 관가에 매인 몸이 한 달이 넘도록 나아가지 아니했으니, 사또께서 만일 이 일을 아시면 나를 얼마나 괘씸

히 여기시겠느냐.

이쯤 생각하고 보면 아무래도 떠나는 것밖에 도리가 없는데, 너를 두고 가자 하니 발길이 떨어지지 않고, 데리고 가자 하니 기생 명부에 있는 몸을 사또 모르시게 빼내기가 어렵구나. 이런 답답한 일이 어디 있느냐?"

하며 다시금 근심 걱정으로 지낼 즈음에, 별안간 문 앞이 떠들썩하며,

"여쭈시오, 여쭈시오! 배 비장 나리께서 원님이 되셨다고 여쭈시오!"

하는 소리가 애랑의 집 대문을 깨치는지라. 이때 배 비장은 영문을 몰라 덤덤하게 있을 뿐이러니, 오래지 않아 관아의 하인이 임금의 칙지와 목사의 편지를 올리거늘, 과연 배 비장을 정의 현감으로 명한다는 내용이라. 배 비장 놀라고 기뻐 급히 내실로 들어가서 애랑에게 이르는 말이,

"애랑아, 애랑아! 내가 아직 꿈을 꾸느냐? 술에 취했느냐? 이게 참이냐? 거짓이냐? 누가 나를 정의 현감으로 삼아 임금의 칙지와 목사의 편지를 내렸으니, 이 일을 혹시 너는 아느냐?"

● **칙지(勅旨)** 칙명. 임금이 내린 명령.

"이제 전날의 수치는 다 씻으셨소이다. 나리 떠나실 때에 사또께서 저를 시켜 나리를 잡아 한 달만 머무르게 하라 하시더니, 과연 오늘의 이 경사가 있게 하셨구려. 속담에 '물에 잡아넣으면 건져 낼 힘도 있다.' 하더니, 사또께서 나리에게 그 같은 욕을 보이시고 다시 이와 같이 돌보아 생각하시니, 첫째는 나리의 벼슬 복이요, 둘째는 사또의 은덕이오."

배 비장에게 애랑 이하 대소 친척이며 제주 성내 동료들의 축하가 비 빗치듯 하여 큰 잔치를 열었다. 이어 제주 목사 김경에게 부임 신고를 하고 무수히 감사드리니 사또가 말하기를,

"그때 잠시 속은 일은 부디 마음에 두지 마소. 애랑 데리고 정의현에 부임하여 선정으로 백성을 다스러, 부디 성은에 보답하소."

배 비장 사례하고 부임지로 떠났겠다. 새로 부임하는 현감의 행차도 찬란하려니와 전후좌우에 구경꾼이 구름같이 모여들어 칭찬이 자자한데, 구경 나온 사람 중에 몇몇이 배 현감을 가리키며 말하되,

"저 사람이 엊그제 피나무 궤 속에서 고생하던 배 비장이더니, 어찌 저렇게 되었나? 참 희한한 일이로고."

"이번에 배 비장이 정의 현감으로 부임하기는 모두 제주 목사가 주선한 것이라오. 한 번 몹시 속은 후에 저와 같이 높고 귀하게 되면 속지 않을 사람이 뉘 있으리?"

또 사람들 사이에 애랑의 칭찬도 분분하겠다. 만일 배 비장이 아무일 없이 벼슬을 했으면 보는 사람이라도 그다지 칭송이 없었으련만, 망신을 당하기로 쥐구멍에 숨어도 못 피하리만큼 당한 뒤에 하루아침

에 귀하게 된 까닭으로 이와 같이 야단인 모양이더라.

배 현감이 정의현에 부임한 후 사사로운 욕심에 눈 돌리지 않고 일마다 공평하게 헤아려 백성을 다스리니, 거리거리 송덕비가 서고 시절이 태평하고 풍년이 드니 산에는 도적이 없고 밤에는 문을 닫지 않아도 되고 시비와 선악을 가리는 것이 분명하여 어느 고을보다도 살기가 으뜸이라.

배 현감 차차 벼슬이 올라 동부승지, 이조 참판까지 부귀를 누리고, 애랑이 또한 아들 형제를 낳아, 본부인 소생 세 아들과 함께 나이 따라 과거에 급제하여 이름을 떨치고서, 제주 목사 김경의 집안과 대대로 절친하게 오고 가니 두 집안의 칭송이 대대손손 자자하더라.

• **선정**(善政) 백성을 바르고 어질게 다스리는 정치.
• **송덕비**(頌德碑) 공덕을 기리기 위해 세운 비.
• **동부승지**(同副承旨) 조선 시대, 왕명의 출납을 전담하던 승정원에 속한 정삼품의 벼슬.
• **이조 참판**(吏曹參判) 조선 시대, 문관에 관한 여러 일을 맡아보던 이조에 속한 종이품 벼슬.

조선의 세태 소설

사대부 남자 망신, 이야기책에 다 있소

평소 스스로 구대정남이라 이르던 사대부 양반들이 기생들과 밤마다 어울린 일이
만천하에 드러났으니, 하늘도 땅도 임금도 백성도 놀라 통탄할 일입니다. 이 망측한 일들을
자세히 기록한 글들이 있으니, 이름하여 '남성 훼절 소설'이지요. 백성들 사이에 이미 널리
퍼진 《배비장전》을 비롯하여 《정향전》, 《종옥전》, 《오유란전》, 《삼선기》 등이 있는데, 이를
다룬 신문 기사들을 스크랩해서 그 내용을 하나씩 살펴보려 합니다.

늦게 배운 도둑질에 날 새는 줄 모른다더니
《종옥전》, 《오유란전》

원주 감사 김성진의 조카 종옥은 본디 과거
급제하여 금의환향 하겠노라며 혼사도 마다
하던 젊은이라. 그러던 그가 감사 따라 원주
에 왔다가 기생 향란을 만나 그만 눈 먼 봉사
연못에 구르듯 푹 빠지고 말았으니, 눈치 빠
른 감사가 향란과 모의를 꾸몄더라. 종옥이
부친의 거짓 병환 소식을 듣고 서울 다녀오는
사이, 향란이 죽은 체하고 몹시 애달과 하는
종옥 앞에 귀신인 척 나타났으니, 종옥은 향
란이 사람이건 귀신이건 그저 나타나 준 것만
도 감지덕지하여 밤낮없이 그와 함께했더라.
어느 날, "귀신과 오랜 시간 어울리게 되면 그
도 귀신이 되는 법이니, 사실 당신도 나와 어

울리어 귀신이 되었노라."라는 향란의 말만
믿고 자신도 귀신이라 믿게 된 종옥이 원님
의 잔치에 차린 음식을 마구 집어 먹다 김공
에게 호되게 야단맞고, 그제서야 속은 것을
깨달으니 객들 앞에 이 무슨 망신이며 뒤늦
은 후회가 무슨 소용이오.
한편, 이와 똑같은 일이 평안도에서도 있었
으니 평안 감사 김생의 친구 이생도 여자는
멀리하겠노라 고고한 척하다
가 기생 오유란에게 한번 푹
빠지니, 종옥보다 한술 더
떠 벌거숭이로 감사
의 연회 자리에
뛰어 들었더라.
이리저리 재어
봐도 둘째가라면
서러울 망신이요,
듣자 하니 참으로
가관이라.

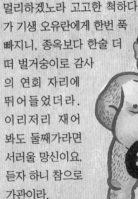

평양에 떠돌던 양녕 대군의 소문, 그것이 진정이오? 《정향전》

일부러 여인들을 피해 다닐 정도로 국무에 충실한 조선 태종 맏아들 양녕. 평양 일등 기생 정향과 정을 통하고 애첩으로 들였다는 소문이 있으니, 양녕 측 사람은 세종과 평양 감사가 일부러 정향을 보내 양녕을 시험에 들게 했다고 주장하더라. 허나 기생 정향의 말은 다르니, "양녕 대군 나리가 오시면 잘 뫼셔야 하노라 하는 엄명이 있었던 것도 사실이요, 내 그 명에 따랐던 것도 사실이나, 이미 그전에 대군 마마가 먼저 소첩을 찾아 주시어 황송하게도 감히 정을 나누게 되었소." 하고 말하더라. 소문은 자못 분분한데 이쪽과 저쪽의 이야기가 다르니, 과연 어느 편이 진실일꼬?

명문대가 이 선비, 책 덮고 기방 차렸네 《삼선기》

이름난 명문대가 맏아들 이춘풍은 성정이 곧아 벼슬에도 여인에도 흥이 없어 행실이 깨끗하고 도도하기로 소문났더라. 사람들이 이 지조 한번 허물어 보자고 아리땁고 재주가 빼어난 두 기생 홍도화와 유지연을 남장하고 춘풍의 글 제자로 들어가게 했더라. 어느 날 세 사람이 평양 대성산에 놀러 갔을 때, 이 두 제자가 집안일 핑계하여 잠시 급히 고향으로 떠난 척하고는 한밤에 홍도화가 선녀 차림으로 나타나 춘풍을 유혹하여 정을 통했구나. 다시 만나기로 한 팔월 보름, 같은 장소에 유지연이 선녀인 체 나타나 유혹하니 이 선비 보게, 이젠 빼지도 않고 좋아라 덥석 정을 통하는구나. 이때부터 춘풍은 책을 덮어 두고 두 여인을 내세워 아예 기방을 차려 놓고 기생들을 통솔하며 춤과 노래로 세월을 보냈다 하니, 곧 이 선비가 기방 주인 된 사연이라.

사설

요즘 사대부 집안 사내들의 이름을 훼절하는 망측하고도 괘씸한 책들이 세태 소설이라는 이름으로 양반 상민 할 것 없이 널리 읽히니, 이름만 대면 알 만한 명문가 자제들이 웃음거리가 되는지라. 한 가지인 양 비슷한 이야기들이 각기 소설로 만들어지면서 저마다 의미를 지니니, 각각의 글을 읽는 이들마다 웃는 이유도 가지각색이오. 이 책들이 계속 사대부의 이름을 더럽히는 것을 보기만 해서야 되겠는가. 이 일을 어찌할지 잘 궁리해야 할 때라.

양반의 위선에 대한
신랄한 풍자

함께 읽기
배 비장처럼 유혹을 받는다면?

깊이 읽기
양반의 위선에 대한 신랄한 풍자

● 경직성을 무너뜨리기 위한 웃음

《배비장전》은 판소리 열두 마당 속에 들어 있는 판소리계 소설이면서, 양반이 하인과 기생에게 망신당하는 내용의 세태 소설이기도 합니다. 현재 창(唱)은 전하지 않고 소설만 전해지고 있습니다. 송만재의 《관우회》에서는 〈배비장 타령〉을 통해 배 비장을 다음과 같이 묘사하고 있습니다.

애랑에 빠져 자신의 몸 돌아보지 않고	慾浪沈淪不顧身
상투 자르고 다시 이빨 뽑기 마다하지 않네	肯辭剃髻復挑齦
잔치 자리 한가운데서 기생을 업은 배 비장	中筵負妓裵裨將
이로부터 멍청이라 비웃음을 받는구나	自是倥侗可笑人

《배비장전》은 사랑하는 기생에게 이별의 정표로 이를 뽑아 주었다는 소년의 이야기인 〈발치설화(拔齒說話)〉와 기생을 거부했다가 기생의 계교에 빠져 알몸으로 뒤주에 갇힌 채 여러 사람 앞에서 망신을 당한 경차관의 이야기 〈미궤설화(米櫃說話)〉를 바탕으로 만들어졌습니다.

구대정남이라고 자처하던 배 비장이 제주 기생 애랑의 계교에 빠져 온갖 조롱을 당하고 궤 속에 갇혀 있다 벌거벗은 몸으로 동헌 마당에 나와 여러 사람 앞에서 망신을 당했다는 이야기가 핵심입니다. 제주 목사의 배려로 정의 현감이 되는 이야기는, 붙어 있는 판본도 있고 없는 판본도 있지요.

여색(女色)을 멀리한다고 했다가 오히려 기생의 계교에 빠져 정반대 상황이 빚어지고 주인공이 망신당하는 작품으로는 《배비장전》외에도 《정향전》, 《지봉전》, 《종옥전》,

《오유란전》 등이 있습니다. 대부분 감사(혹은 목사)와 기생이 공모하여 여색을 멀리하는 남자 주인공의 호색적 성격을 폭로한다는 공통점이 있습니다.

여색에 빠지는 게 뭐 그리 대단한 일이라고 이를 멀리하고자 하는 사람을 조롱의 대상으로 삼았을까요? 이는 우선 인간 본성에 대한 긍정이면서 동시에 어떤 사회나 집단이 요구하는 관례에 깃든 '경직성'을 무너뜨린다는 의미를 지니고 있습니다.

지방관이 새로 부임하면 관아에 속한 기생들과 한번 질탕하게 노는 것이 당시의 관례였습니다. 다산(茶山) 정약용(丁若鏞, 1762~1836)도 백성을 다스리는 관리가 갖추어야 할 여러 덕목에 대해 말하고 있는 《목민심서(牧民心書)》에서 "창기들과 방탕하게 노는 것은 (……) 후세에 이르러 오랑캐의 풍속이 점차 중국으로 물들어 가서 드디어 우리나라에까지 미치게 된 것이다."라며 하나의 관례로 이야기할 정도로 관청에서의 기생 놀음은 당시의 일반적인 세태였습니다.

그런데 이 자리에 이를 주도해야 할 예방(기생들을 관장하는 일도 예방의 소임이었습니다.) 배 비장이 불참하겠다는 것은 말이 안 되는 소리였습니다. 그 행위가 긍정적이든 부정적이든 일단 하나가 되어야 하는 자리에서 가장 앞장서 자리를 이끌어야 할 주모자가 빠진 것입니다. 새로 부임한 제주 목사와 그 일행의 입장에서 보자면, 이런 경직성은 당연히 고쳐야 하는 것이었습니다. 기생들과 술을 마시며 한바탕 노는 것이, 그리 바람직한 것이 아니기 때문에 더욱 골탕을 먹이려고 한 것이지요. 이러한 경직성을 어떻게 고쳐 줘야 할까 하는 것이 제주 목사와 관원들의 과제였지요. 목사가 기생들을 불러들여 배 비장을 혹하게 하라고 지시하는 것도 이 때문입니다.

"지금 전체 기생을 맡아보고 있는 자가 누구냐?"
"행수 기생에 차질예로소이다."
배 비장이 차질예를 불러 근엄한 얼굴로 분부를 내린다.
"네 만일 지금 이후로 기생년들을 내 눈앞에 비추었다가는 엄한 매로 다스리리라."
이런 곡절을 사또가 잠깐 들으시고는 작정을 하고 일등 명기들을 다 부르신다.

(……)

"너희 중에 배 비장을 혹하게 하여 웃게 하는 자 있으면 상을 크게 줄 것이니,
그리할 기생이 있느냐?"

여색을 멀리하겠다는 배 비장의 태도는 물론 관아를 위협할 정도로 위험하진 않습니다. 그리하여 여기에 동원될 수 있는 것이 '웃음'입니다. 객관적으로 별로 좋은 것이 아니라고 생각되는 일에 웃음을 보여 준다는 것은 그것을 눈감아 주거나 받아들이겠다는 의사 표시를 말없이 보여 주는 것이며, 더 나아가 자신도 동참하겠다는 서약인 셈이지요. 그래서 사또는 기생들에게 배 비장을 한번 크게 웃게 하라고 지시합니다.

그 뒤 일어나는 사건들은 제주 목사와 기생 애랑의 공모에 의해 진행됩니다. 애랑은 일부러 한라산에서 목욕하는 모습을 보여서 배 비장을 유혹하고 여색에 빠지게 합니다. 그런데 배 비장을 한번 크게 웃게 하여 집단으로부터의 이탈이나 관아의 경직성을 고치고자 하는 제주 목사의 의도는 애랑과 방자의 적극적인 참여로 인해 이때부터 조금씩 어긋나기 시작합니다. 사건이 진행될수록 배 비장은 웃는 것이 아니라 웃음거리가 되어 갑니다. 말하자면 풍자의 대상이 되는 것입니다.

배 비장의 경직성을 다소 완화하고 관인 사회에 잘 맞게 길들이기 위해서는 굳이 이렇게까지 신랄한 풍자가 필요하지는 않지요. 그저 한번 웃게 하면 되는 것입니다. 그런데 방자와 애랑의 적극적인 주도로 사건은 엉뚱한 방향으로 나아갔습니다. 제주 관아의 모든 사람이 지켜보는 가운데 벌거벗은 몸으로 궤에서 나와 헤엄치는 시늉을 하는 배 비장을 보고 사또가 놀라 "자네 이것이 웬일인고?"라고 말합니다. 이는 사또가 자신의 의도보다 훨씬 심하게 풍자의 대상이 된 배 비장을 보고 당혹감을 나타낸 것이지요.

뒤에 배 비장이 제주 목사의 주선으로 정의 현감으로 제수되는 부분은 지나치게 호되게 당한 배 비장에 대한 보상인 셈입니다. 작품에서도 "이번에 배 비장이 정의 현감으로 부임하기는 모두 제주 목사가 주선한 것이라오. 한 번 몹시 속은 후에 저와 같이 높고 귀하게 되면 속지 않을 사람 뉘 있으리?"라고 말하지요.

● 양반의 위선에 대한 풍자

애랑과 방자는 제주 목사의 지시를 그대로 따르기만 하는 것이 아니라 한 걸음 더 나아가 사건을 주도하여 더욱 날카롭게 배 비장의 위선을 다그쳐 드러냅니다. 이는 결국 제주 목사의 의도와는 어긋난 결과를 만들었습니다. 사실, 제주 목사의 지시가 있기 전에 방자는 배 비장과 내기를 합니다. 그 대목을 봅시다.

> "(……) 우리야 만조 절색 아니라 양 귀비, 서시라도 눈이 돌아가거든 개아들 놈이다."
> 방자 놈이 코웃음을 치며 대꾸한다.
> "나리도 남의 말씀 쉽게 하지 마옵소서. 애랑의 요염한 태도와 아리따운 얼굴
> 을 보시면 치마폭에 움막을 짓고 거기에다 살림을 차리지요."
> 배 비장 안색을 바꾸고 방자를 꾸짖는다.
> "이놈, 네가 양반의 지조와 덕을 어찌 알고 경솔히 말을 하느냐!"
> "정 그러하시면 황송하오나 소인과 내기를 하시지요."

방자는 아름다운 여자를 대하면 혹하기 쉬운 인간의 본성을 말하고 있는데, 배 비장은 양반의 지조와 덕을 들먹거리며 꾸짖습니다. 여기서 풍자가 발생할 수 있는 요건이 성립됩니다. 바로 '위선'입니다. 속으로는 원하지만 겉으로는 양반의 처지를 내세워 그렇지 않은 척하며 다른 사람을 무시하는 위선적 태도가 문제인 것입니다. 방자는 같은 인간의 입장에서 이러한 위선은 마땅히 폭로되어야 한다고 느낍니다. 숨길 것 없는 악인은 풍자의 대상이 될 수 없지만 위선자는 모든 걸 숨겨야 하기에 풍자의 대상으로 딱 알맞지요.

한편, 배 비장과 방자의 대화에서 주목할 또 한 가지는 신분의 대립이 날카롭게 보인다는 점입니다. 특히 애랑이 목욕하는 장면을 훔쳐보는 대목에서 방자와의 신분적 대립이 잘 드러납니다.

"예, 나리께서 무엇을 보시고 그리하시나 했지요. 옳소이다. 저 건너 목욕하는 여인 말씀이십니까?"

"옳다! 보았단 말이냐? 쌍놈의 눈이라 양반의 눈보다 대단히 무디구나."

"예, 눈은 양반 쌍놈이 다르니까 소인의 눈이 나리의 눈보다 무디어 저런 예의가 아닌 것은 아니 뵈옵니다마는, 마음도 양반과 쌍놈이 달라 나리 마음은 소인보다 컴컴하고 음탕하여 남녀유별 체면도 모르고 규중처녀 은근히 목욕하는 것을 욕심내어 눈을 쏘아 구경한단 말씀이십니까? 근래 서울 양반들이 양반 세력 빙자하여 계집이라면 체면 없이, 욕심낼 데 아니 낼 데 분간 없이 함부로 덤비다가 봉변도 많이 당합디다."

이 대화는 얼핏 보았을 때 《춘향전》(완판 84장본)에서 춘향이 그네 뛰는 장면을 보고 이몽룡과 방자가 주고받는 대화와 비슷해 보이지만, 그보다 훨씬 더 신랄하고 통렬한 풍자가 들어 있습니다. 배 비장이 방자에게 "네 눈은 쌍놈의 눈이라 대단히 무딘가 보다."라고 하는 말을 되받은 방자는 대번에 배 비장에게 눈이 다르니 마음까지 달라 당신은 컴컴하고 음탕한 것이냐고 반문하지요. 이 한마디로 방자는 단번에 양반의 허세를 거꾸러뜨립니다. 풍자는 적어도 풍자하는 주체가 풍자의 대상보다 도덕적으로 우월한 처지에 있을 때 가능합니다. 여기서도 양반의 지위를 들먹거리며 위선을 부리다가 여색에 혹하여 정신을 못 차리는 배 비장에 비해 방자의 태도가 훨씬 당당하지요.

그 뒤 방자는, 애랑에게 빠진 배 비장이 모든 위선을 드러내어 사람들에게 조롱당하도록 사건들을 주도합니다. 거의 연출자인 셈이지요. 《춘향전》의 방자보다 훨씬 적극적인 모습이기도 하고요. 처음 배 비장과 내기를 제안한 것도 방자이거니와 배 비장을 풍자하고 조롱하는 주체가 된다는 점에서 제주 목사가 사건을 주도하는 방식과는 조금 다르다고 할 수 있습니다. 어떻게 보면 방자는 방자와 같은 처지에 있는 수많은 민중이 자유롭게 풍자의 대상을 정하고, 그 풍자에 참여하는 길을 열었다고 할 수도 있습니다.

애랑 역시 방자와 마찬가지로 배 비장을 풍자하는 데 주도적으로 참여합니다. 방자가 연출자라면 애랑은 주연인 셈이지요. 이미 앞부분에서 서울로 떠나는 정 비장을 "물오른 소나무 속껍질 벗기듯" 벗겨 먹으려고 하여 심지어는 '상투'나 '양다리 사이의 주장군'까지 요구하고, 그야말로 '알몸뚱이 비장'을 만들 정도로 풍자의 주체로서 철저함을 보입니다. 결국 대대로 절개를 지켰다는 '구대정남' 배 비장을 '배 걸덕쇠'로 전락시키고, 졸지에 거문고로 만들어 조롱하며, 마침내는 궤 속에 가두어 벌거벗은 몸으로 동헌 마당을 뒹굴게 합니다.

흥미로운 것은 궤를 동헌 마당에 놓고, 배 비장이 살려 달라고 애걸하는 그 진상을 관아의 모든 사람이 지켜보게 했다는 점입니다. 다시 말해, 이러한 풍자와 조롱이 은밀히 이루어진 것이 아니라 만인이 지켜보는 앞에서 행해졌다는 것이지요. 더욱이 스스로를 구대정남이라고 자칭하던 배 비장으로 하여금 스스로 "여자를 밝히다 망신당하고 죽게" 되었다고 고백하게 하고, "유부녀와 간통하다가 이 지경이 되었"다고 인정하게 했습니다. 그만큼 풍자가 신랄했으며, 배 비장이 빠져나갈 구멍이 없을 정도로 몰아붙였다는 이야기지요. 그리고 그 풍자는 비단 배 비장뿐 아니라, 수많은 다른 양반의 위선을 대상으로 한 것이었지요.

● 《배비장전》의 열린 결말과 열린 웃음

그런데 그 뒤 이어지는 화해의 결말을 어떻게 보느냐가 문제가 됩니다. 제주 목사가 주도하는 입장에서 본다면 경직성을 무너뜨리기 위한 것이기에 본문의 이야기처럼 화해로 매듭짓는 것이 자연스럽습니다. 하지만 양반의 위선을 통렬하게 공격하고 나서 애랑이 배 비장의 첩으로 들어가는 것은 아무래도 풍자의 날카로움을 무디게 합니다. (그래서 《배비장전》의 이본 중 하나인 김삼불의 교주본에는 이 뒷부분이 빠져 있기도 합니다.) 이를 어떻게 이해해야 할까요?

방자가 사라진 점에 유의하여 애랑의 이중성을 생각해 볼 수 있습니다. 배 비장을 발가벗겨 만인의 웃음거리가 되게 하고 방자는 무대에서 사라집니다. 내기에 이겼으니 애초 약속대로 말을 달라거나 하기는커녕, 아예 등장조차 하지 않습니다.

하지만 애랑은 제주 목사의 배려로 해남 가는 부인으로 위장하여 "기생 오입 잘못하다가 예방 소임 자퇴하고 한양으로 돌아가는 배 비장"을 만류하여 정의 현감에까지 이르게 하고 그 첩이 됩니다. 원래 기생은 그 신분의 예속성으로 인하여 지속적인 풍자의 주체가 되기 어렵지요. 사람을 어찌 그다지 속였느냐는 배 비장의 말에 "소첩이 그때는 제주 목사에게 매인 몸이 되었사오니, 사또께서 시키시는 일을 어찌 거행하지 않사오리까?"라고 하는 대답에서도 그 진상을 알 수 있습니다. 이 단계에서는 오히려 방자가 풍자를 주도하고 애랑은 목사의 주도와 방자의 주도 사이에 걸쳐 있다고 보아야 합니다.

《배비장전》에는 두 가지 종류의 웃음이 있습니다. 배 비장의 경직성을 제거하기 위해 제주 목사가 주도하는 사건이 이끌어 내는 웃음이 있는가 하면, 양반의 위선을 통렬히 풍자하고자 방자와 애랑이 주도하는 사건이 불러일으키는 웃음이 있습니다. 판소리라는 장르가 열려 있는 문학이기 때문에 한 작품 안에서도 이런 다양한 웃음이 가능한 것입니다. 그런데 신재효(申在孝, 1812~1884)는 판소리 열두 마당을 정리해 여섯 마당으로 만들 때 이 《배비장전》을 제외했습니다. 아무래도 양반에 대한 지나친 풍자 때문이 아니었을까요? 하지만 그렇기에 오히려 《배비장전》에는 위세를 떨며 거들먹거리는 위선자를 가슴이 시원해지도록 통렬하게 풍자하는 모습이 고스란히 살아 있습니다.

배 비장처럼 유혹을 받는다면?

● 세상에는 제주도 외에도 많은 섬이 있고, 그 섬들마다 수많은 이야기가 전해지고 있습니다. 여러분이 알고 있는 재미있는 섬 이야기가 있나요? 잘 모른다면 인터넷이나 책을 통해 알아봅시다. 그리고 사진이나 지도를 준비하고, 이야기를 조사해서 친구들에게 이야기를 들려줍시다.

● 애랑은 자신만의 매력으로 수많은 남자를 유혹할 수 있었습니다. 애랑이 남자들을 유혹할 수 있었던 가장 큰 매력은 무엇일까요? 우리가 누군가를 좋아하는 이유를 생각해 보고, 남자들이 애랑을 좋아한 이유와 비교해 봅시다.

● 자신이 살아오면서 느꼈던 많은 유혹에 대해 친구들과 이야기해 보고, 그것을 어떻게 극복했는지, 또는 유혹에 넘어갔는지 이야기해 봅시다.

● 다음 노래들은 모두 배를 타는 것과 관련된 노래들입니다.

윤선도의 〈어부사시사〉
우는 것이 뻐꾸기인가 푸른 것이 버들 숲인가
저어라 저어라
어촌의 두서너 집이 안개 속에 들락날락
지그덕 지그덕 어기여차
맑고 깊은 물에 온갖 고기가 뛰어노는구나.

작자 미상의 사설시조
나무도 돌도 전혀 없는 산에 매한테 쫓기는 까투리의 마음과 대천 바다 한가운데 일
천 석 실은 배에 노도 잃고, 닻도 잃고, 용총(돛대의 줄)도 끊어지고, 돛대도 꺾이고,
키도 빠지고, 바람 불어 물결치고, 안개 뒤섞여 잦아진 날에 갈 길은 천 리 만 리 남
았는데 사면은 검어 어둑하고, 천지 적막 사나운 파도치는데 해적 만난 도 사공의
마음과 엊그제 임 여읜 내 마음이야 어니에다 비교하리오.

· 두 노래의 내용상 차이점은 무엇인지 이야기해 봅시다.

· 제주 목사의 비장이 되어 제주를 향해 배 타고 갈 때 배 비장의 마음과, 망신당
하고 쫓겨나 몰래 남의 배를 얻어 타고 뭍으로 돌아가려던 배 비장의 마음은 각각
어느 노래와 연결할 수 있을지 생각해 봅시다.

● 다음은 〈처용가〉의 한 구절과 배경 설화의 일부입니다. 처용의 태도와 애랑의 남편
으로 변장한 방자의 태도에 어떤 차이가 있는지 이야기해 봅시다.

> 처용의 아내는 몹시 아름다웠다. 역신(疫神)이 이 여자에게 푹 빠져, 사람으로 변장을 하
> 고 밤에 그 집을 들어와 남몰래 함께 자게 되었다. 처용이 밖에 나갔다가 집에 이르러
> 침상에서 두 사람이 자는 것을 보고는, 노래 부르고 춤추며 물러났다. 노래는 이렇다.
>
> > 서울의 밝은 달밤 밤늦도록 노닐다가
> > 들어와 자리를 보니 다리가 넷이구나
> > 둘은 내 것인데 둘은 누구인가
> > 본디 내 것이었던 것을 빼앗아 감을 어찌하리
>
> 이때 역신이 모습을 드러내 앞에 나와 무릎 꿇고 말했다.
> "내가 그대의 처를 탐내서 지금 일을 저질렀습니다. 그런데도 그대가 화를 내지 않으시
> 니, 감복하고 탄복할 일입니다. 맹서컨대, 지금부터 이후로는 그대의 얼굴 모습을 그린
> 것만 보아도 그 문 안에 들어가지 않겠습니다."
> 이 때문에 나라 안의 사람들이 문에 처용의 형상을 붙여, 사악한 것을 몰아내고 좋은
> 일을 맞아들였다.

● 여러분은 배 비장 이야기를 읽으면서 말과 행동이 다른 배 비장을 따끔하게 꾸짖
어 주고 싶었나요? 아니면 방자와 애랑에게 호되게 당하는 그를 변호해 주고 싶었
나요? 각각의 입장에서 여러분 스스로가 대변인이 되어 배 비장을 꾸짖거나 변호
해 봅시다.

● 마지막에 모진 고초를 겪어 처량한 처지가 된 배 비장 앞에 갑자기 애랑이 나타나고 급기야 배 비장은 정의 현감이 됩니다. 하지만 곰곰이 생각해 보면 배 비장이 이렇게 특별히 승진할 이유가 이 소설 속에는 나타나지 않죠. 그런데 왜 이런 결말이 생겼을까요? 배 비장을 놀려 주려고 했던 제주 목사의 입장에서 생각해 보고, 여러분이 직접 《배비장전》의 결말을 짓는다면 어떤 새로운 이야기가 가능할지 이야기해 봅시다.

참고 문헌

노대환·신병주, 《고전소설 속 역사여행》, 돌베개, 2005.

이병옥, 《팜므 파탈》, 시공아트, 2008.

도움 주신 분들

고화정(월계고등학교)

왕지윤(경인여자고등학교)

이현숙(중화중학교)

조현종(태릉고등학교)

국어시간에 고전읽기 12

배비장전, 절개 높다 소리 마오 벌거벗은 배 비장

1판 1쇄 발행일 2007년 6월 11일
개정판 1쇄 발행일 2013년 5월 27일
개정판 4쇄 발행일 2024년 5월 13일

기획 전국국어교사모임
지은이 권순긍
그린이 김언희

발행인 김학원
발행처 (주)휴머니스트출판그룹
출판등록 제313-2007-000007호(2007년 1월 5일)
주소 (03991) 서울시 마포구 동교로23길 76(연남동)
전화 02-335-4422 **팩스** 02-334-3427
저자·독자 서비스 humanist@humanistbooks.com
홈페이지 www.humanistbooks.com
유튜브 youtube.com/user/humanistma **포스트** post.naver.com/hmcv
페이스북 facebook.com/hmcv2001 **인스타그램** @humanist_insta

편집책임 문성환 **편집** 윤무재 **디자인** 김태형 유주현 림어소시에이션
스캔·출력 이희수 com. **용지** 화인페이퍼 **인쇄** 청아디앤피 **제본** 민성사

ⓒ 권순긍·김언희, 2013

ISBN 978-89-5862-606-0 44810